Opal
オパール文庫

僕らはこの手を離さずに

緒莉

JN138482

プランタン出版

ダリ。ロダン。藤田嗣治《ふじたつぐはる》。マグリット。

本棚に並んでいる図録や画集を片っ端から段ボールに移していた凛《りん》の手が止まった。

懐かしいものが出てきたからだ。

台紙にセットされた六つ切り写真は、十年前に撮られたものだ。写っているのは、ラウンド型のブーケを持ち真っ白いドレスを着て笑っている、五歳上の姉だった。

「お姉ちゃん、若っ」

そう声に出してしまうほど、当時二十歳の姉、愛華《あいか》は若々しく、光り輝くようだった。もとが美人で華やかなひとだから、スカートにボリュームのあるドレスがとてもよく似合っている。

結婚式の前撮りで愛華は、このウエディングドレスの他にも色ドレスや白無垢も着た。新郎とふたりで撮った写真もたくさんあった。

でもいまもこうして残っているのは、姉ひとりで写っているこの写真一枚だけだ。

他の写真はすべて、母の手で捨てられてしまった。

この写真は、自分が一番若くて綺麗なときのものをまるでなくしてしまうのはもったいないと、写真の束から姉が一枚だけそっと抜き取って凛に託して隠したものだった。

このときから、もう十年も経つなんて信じられない。

しばらく眺めてから、凛は段ボールのなかにそっと写真を紛れ込ませた。

第一章　十五歳の初恋

1

「——愛華！」

新郎新婦が今まさに誓いの口づけをしようとした瞬間、チャペルの扉が開き、芝居がかったような男の叫び声が響いた。

真夏のむあっとした空気がチャペルのなかに入ってきて、結婚式に参列していた招待客たちが一斉に振り返る。

両親と一緒に一番前の席にいた凛も、反射的に後ろを向いた。

紺色のポロシャツを着たがっしりした体形の男が、肩で息をしている。どこかで見かけたことがあるような気がするが、思い出せない。

「愛華！　来い！」

もう一度、男が叫ぶ。

次の瞬間弾かれたように、姉がチャペルの出口に向かって駆け出した。

フワ、フワ、と愛華が両手で摑んだボリュームのある真っ白いスカートが上下に動くのが、スローモーションのように見える。

ついさっき父と新郎の瀬川理《せがわおさむ》に手を取られてしずしずと歩いたヴァージンロードを、愛華は飛ぶように走った。

「……あ」

凛は男のことを思い出した。たしか、愛華が高校三年生の頃に付き合っていたひとだ。家に遊びに来たのを、何度か見かけたことがある。日に焼けていてよく笑う、いかにも野球部という感じのひとだった。

いっぱいに伸ばした愛華の手を、元カレがしっかりと摑む。

ふたりの足がチャペルの外に出た辺りでやっと、参列者たちがハッと気づいたように動き出した。

「愛華、待てっ！」

まずは父が、足をもつれさせながらふたりを追いかけはじめた。

「ま、待ちなさい、愛華！」

「愛華さん、どこへ行くんだ！」

母と、新郎側の両親がそれに続く。

凛はそれを見送るばかりで動けなかった。どうすればいいのかわからず、前を見る。牧師と新郎が、ぽかんと口を開けて、愛華の逃走劇を見守っている。

いや、あなたは追いかけなさいよ。

と、自分を棚に上げて新郎である瀬川理に対して思う。

もう一度愛華の方を見る。元カレが用意していたらしき車の助手席に、愛華が飛び込むように乗る。車は普通のセダンだ。あんなボリュームのあるスカートが扉に挟まらないものだろうかと思ったら、案の定挟まって十センチほど外に出ている。

そのままの状態で、車は急発進した。父がボンネットに縋り付こうとしたが、非情にも車は走り去っていった。

父は外でまだ姉の名を叫んでいる。

新郎である瀬川家と新婦である葉山《はやま》家の親戚たちで八割ほどの席が埋まったチャペルのなかは意外にも静かで、クライマックスの直前で突然明かりを点けられてしまった映画館みたいな空気が漂っている。

凛はヴァージンロードを挟んで左側の一番前の座席を見た。

他の参列者が全員立ち上がっているなか、瀬川理の弟、倫《みち》だけは座っていた。右腕で頬杖をつき、口元を隠して軽くうつむいている。

ロダンの『考える人』のポーズだ。

目の前で自分の兄が花嫁に逃げられてしまい、ショックを受けているのだろうと初めは思った。

しかし肩がかすかに震えていることに気づき、笑いをこらえているのだとわかった。

このとき、凛は初めて倫という人間に興味を持った。


瀬川倫は、凛と同じ中学に通っている。二年生になったときのクラス替えから、クラスも一緒だ。ただ美術部に所属している凛とバスケ部の部長である倫に、ほとんど接点はなかった。

教室にいるとき、倫はいつも大勢の友達に囲まれていた。そして当たり前のように、学年でも目立つかわいい女の子たちのグループがそれにくっついていた。

凛は自分が地味な存在であることをよくわかっていたから、彼らと関わろうとは思わなかった。席が隣だったときすら、二言三言事務的な会話をしたくらいだ。

倫はクラスで一番背が高く、整った顔立ちをしていて、大きな声でよく笑った。

向日葵みたいなひとだな、と凛はひそかに思っていた。自分はそこから少し離れたところで咲いている、誰も見ないシロツメクサといったところか。

倫との関係が大きく変わったのは、三年生に進級した頃だ。

倫の兄である理と凛の姉である愛華に結婚話が持ち上がった。

出会いは友人の紹介ということだったが、交際一か月で理は二十三、愛華に至ってはまだ二十歳という若さだった。

姉は惚れっぽく衝動的なところがあるのを知っていた凛は、本当に大丈夫なのかと少々心配した。両親も同じだったと思う。

しかし瀬川側の両親は美人で明るい愛華を一目で気に入り、トントン拍子に話は進んでいった。

料亭の個室で行った両家顔合わせの席で、凛と倫は向かい合って座った。凛は肩くらいまである髪をそのまま下ろし紺色のワンピースを着ていったが、倫は学校の制服を着ていた。

愛華は成人式のときに作った振袖を着て、嬉しそうに笑っていた。

初めて会った義兄になる予定の理は、倫にあまり似ていなかった。体形は痩せ型。顔は顎が細く、太い眉が下がり気味で、優しそうなひとだと思った。愛華が理の前に付き合っていた人はいかにも体育会系だったから、全然タイプが違った。

会食はなごやかに進んだ。

葉山家は従業員十名、瀬川家は約五百名と規模はずいぶん違うが、どちらの家も商売をしているだけあって、両親たちは話が合うようだった。

凛は一番下座でもそもそと食べなれない懐石料理を食べながら、黙って親たちの話を聞いていた。教室ではいつも話の中心にいる倫も、兄が主役の場ではさすがにほとんど喋らなかった。

こんなに静かな彼を見るのは初めてで、新鮮だった。凛は教室でも同じ感じなので、倫から見て新鮮さは特になかったと思う。

「凛と倫くんは、学校も一緒だし、仲良くやれそうだな」

父が突然話を振ってきた。皆の視線もこちらに集まる。

大人はおおざっぱだなと凛は思った。学校が同じというだけで仲良くやれるなら、いじめはこの国からなくなるだろう。

倫とはろくに話したことがなく、仲がいい悪い以前の話だ。もっとも、愛華たちの結婚にまつわる一連の行事が終われば、教室の外で会うことはほぼなくなるだろうし、特に問題はないだろうが。

「……はい」

倫は困ったような顔で小さく笑った。もっとうまく取り繕った態度をとると思ったので、少々意外だった。

凛も同じように笑って曖昧に頷く。

話はすぐに、お互いの兄と姉のことに移った。

倫がちらりとこちらに視線をよこす。片方だけ口角を上げて、軽く肩をすくめてみせる。教室ではあまり見せたことのない、皮肉めいた仕草だ。

凛は、よろしくね、と唇の動きだけで伝えた。

倫と姻戚《いんせき》になるという事実が、このときはまだうまく呑み込めていなかった。


舞台はチャペルから、ホテル内の親族控室に移った。

憤る倫の両親の前で、凛の両親が土下座している。父の額は、カーペットに擦り付けられていた。こんな土下座らしい土下座、テレビドラマ以外で初めて見た。

「うちのバカ娘が、まことに申し訳ございません！」

「いったいどういうことなんですか。誰なんですか、あの無礼な男は」

「……娘が以前交際していた相手だと思われます」

「以前？　だったらなぜ、こんなときに現れるんです。うちの理と二股かけていたとしか思えませんよ」

「けっしてっ……けっしてそんなことは……！」

修羅場も修羅場、ド修羅場だ。しかも本人たちは不在ときたものだ。

新郎新婦の友人や会社関係のひとたちは、ホテルのスタッフから披露宴を中止する旨を伝えられてすでに解散している。

いま親族控室に残っているのは、親戚たちだ。近隣に住んでいてもう帰宅したひともいるが、遠方からわざわざ来てくれた親戚は、帰るに帰れず気まずそうにしている。

凛は居心地の悪さを覚えながらも部屋から出ることもできず、自分は壁紙だと思い込みながら壁に背中を張り付かせていた。

「こうなった以上、費用はすべて、こちらでもたせていただきます」

「金の問題はそれで解決かもしれませんけど、うちの面目が丸つぶれなのはどうにもならんでしょう」

「それは……はい……」

親同士の話し合いという名の一方的な糾弾は終わる気配がない。

壁紙になったまま、目だけで親族控室のなかを見回す。

新郎である理は、自分の親の斜め後ろに立ち、落ち着きなく手を組んだり足先で絨毯をいじったりしている。そんな様子を見ると、まるで彼が責められているみたいだ。

一方その弟である倫は、壁際に並べてある椅子のひとつに座り、退屈そうにしている。いったいなにを考えているのだろう。とりあえず、親たちと違って怒ったり嘆いたりはしていなさそうだ。

ずっとひとりでいるのも気づまりで、凛は壁紙と一体化するのをやめ、そっと倫に近づいて隣に座った。

「よう」

倫は教室で隣の席に座ったときのような気軽さで声をかけてきた。

「なんかごめんね、うちのお姉ちゃんが」

一応謝ってみたのだが、倫はあっけらかんとしている。

「いや。逃げられる方も悪いよ」

「そう……なのかな……？」

「そうそう。結婚しようとまで考えている相手の様子がおかしいのに、全然気づかなかったなんてどうかしてるし、気づいていたのに放置してたなら、それこそどうかしてる」

倫はあまりにあっさりとしていた。親たちとのギャップがすごい。

「昔の映画でこういうのがあったな」

歌うような口調で言われた。

「そうなの？」

凛は知らない。

「『卒業』っていう、古い映画。俺らの親もまだ生まれていなかった頃のやつ」

「古い映画、好きなんだ」

意外だった。映画を観るなら、アクションかスポーツものというタイプかと勝手に思っていた。

「そうでもない。死んだじいちゃんが好きで、遊びに行ったときによく観せられてたんだ。いま思うと、『卒業』は色っぽいシーンもけっこうあるし、小学生の孫に観せるような映画じゃないと思うんだけど」

懐かしむように遠い目をしてから、倫は続ける。

「そのラストシーンで、主人公の男が別の男と結婚式をしている女を奪って逃げるんだ。あれ、カメラが逃げた方を追ってるからドラマチックだし、やってやったっていう爽快感もあるんだけど、逃げられた方はたまったもんじゃないよなと映画観た当時思ってた。実際見てみてると、なかなかの地獄絵図だな」

倫の父は凛の父を責め続けている。倫の母はヒステリックに泣きわめいている。そして倫の兄は迷子の子供のように心細そうな顔をして、自分の二の腕を撫でさすっている。

倫は家族の様子を、右肘を左膝に置き、頬杖をついて眺めている。花嫁に逃げられたのは自分の兄だというのにどこか他人事っぽいというか、愉快そうですらある。

家族の一大事に対してこんな突き放した見方をするなんて、倫らしくないなと凛は思った。

彼のなにを知っているのかと言われればほとんどなにも知らないが、教室で見る向日葵みたいな彼とは別人のようだ。

だからつい、言ってしまった。

「……瀬川さ、さっき笑ってたでしょ」

「え？」

「うちのお姉ちゃんが逃げた直後。チャペルで、『考える人』のポーズで」

ああ、と彼はすぐに思い出したようだ。

「だって笑うしかないだろ、あんなの」

「はい、ここで問題です」

凛は唐突に言った。

「『考える人』は、なにを考えているでしょうか」

「え……と、付き合ってる女と結婚するか逃げるか」

戸惑った顔をしながらも、倫は答えた。

「惜しい。正解は、地獄について考えている、です」

「惜しいのか……？」

倫は首をひねった。ちなみにあまり惜しくはない。

「『地獄の門』っていう高さ五メートル以上あるおっきなブロンズ像があってね。もともとの『考える人』はその上の方に座っていて、地獄を見下ろしてるの」

「なんか偉そうだな」

「ほんとだよね。深刻ぶってひとの不幸を見下ろしちゃってさ」

「……だけど、ひとの不幸ってけっこうおもしろいもんなんだなって、俺今日初めて思っちまった」

自分の親兄弟のことだというのに、やっぱり倫は他人事のようだ。

「ほんとごめんね、うちのお姉ちゃんが」

凛はもう一度謝った。心はあまりこもっていなかったかもしれない。

「いや、全然」

ニカッと、倫が笑う。顔だけ見れば皮肉っぽくなく、教室にいるときに見せるような、向日葵みたいな笑顔だった。

「それにしても、葉山って意外とよく喋るのな」

いま気が付いたみたいに、倫が言う。

「べつに普通だよ」

「普通か？　同じクラスになってから、こんなに話したの初めてだろ」

それはそうだった。

「席が隣だったときだって、もっと話さなかった」

「それは瀬川がいつもひとに囲まれていて、それを掻き分けてまで話す用事がなかっただけで」

「そうか」

「そうだよ」

学校に戻れば、倫はまたひとに囲まれるだろう。だからこんなに話すのはいまだけだと凛は思っていた。

2

あと一週間で夏休みが終わる。

秋の展覧会に出す絵はとっくに描き終わっているので、特に部活に出てくる必要はないのだが、凛は美術室に通い鉛筆デッサンに励んでいた。美術室にこない日は、図書室で自習している。

家の居心地がすこぶる悪いからだ。

チャペルから逃げ出した愛華は、母の携帯に『彼とふたりで生きていきます』という短いメッセージを送ってきたきり、半月経ついまも帰ってきていない。

肝心の愛華がいないものだから、父と母は毎晩お互いにお前の教育が悪かったせいだとなじり合っている。

家のなかの空気はずっとピリピリしていて、外にいた方が気が楽だった。

美術室のなかには下級生が三人いて、おそらく展覧会に出す絵の仕上げを熱心にしている。静かだった。

デッサンをはじめてから、一時間ほど過ぎた頃だった。

そろそろ持ってきたお弁当を食べようかと思っていると、美術室の後ろの扉がノックされた。顧問の美術教師が来たのかと思い、なにげなく目をやると、そこに立っていたのはユニフォーム姿で首にタオルをかけた倫だった。

「よう」

「今日も部活?」

バスケ部は来週、三年生にとっては引退試合となるかもしれない試合を控えている。

「うん。いま昼休憩に入るとこ。葉山がいるの見えたから」

リン、と彼を呼ぶ声が廊下から聞こえる。彼の名前は倫と書いてみちと読むが、仲のいいひとたちはだいたい彼をリンと呼ぶ。

「先行ってて」

バスケ部仲間に返事したかと思うと、倫はつかつかと美術室のなかに入ってきた。

「なに描いてるんだ?」

「見ての通り。手だよ」

チラッと見たら出て行くのかと思ったら、倫は手近にあった椅子を引き寄せ、背もたれを前にして凛の隣に腰を下ろした。

凛はあのド修羅場だった親族控室で、彼と並んで座ったときを思い出した。

部活の途中だったらしいので当然だが、倫からは汗の匂いがする。

「うまいもんだな」

背もたれに肘をついて、倫は感心したように言った。お世辞には聞こえなかったので、素直に「ありがとう」とお礼を言った。

凛は自分の左手を見ながら、右手でデッサンしていた。

手はいい。特別なものを用意する必要がなく、適度に複雑な形状で、簡単にポーズを変えられる。

それ以上話しかけられなかったので、凛は手を止めずに描き続けた。

ちらちらと、後輩たちが倫を気にしているのがわかる。この地域では強豪のバスケ部の部長ともなれば、校内では有名人だ。気になるのは理解できる。

なにがおもしろいのか、倫は完全に見る態勢に入っている。

凛はお腹が空いてきたが、この状態で弁当を食べだすのもはばかられ、デッサンし続ける。

「――なんか」

倫がぼそっと呟いた。

「え？」

「小指、短くね？」

彼の視線は凛の左手に向いている。

「うん、短いよ」

凛は左手の指をそろえて、手のひらを倫に向けた。

凛の手は左右とも小指だけが短く、薬指の第一関節と第二関節の真ん中より少し下くらいまでしかない。

倫は凛の手と自分の手を見比べている。

「短指症っていうらしいよ。ピアノとかやるひとだと困るだろうけど、特に不自由はないかな。手袋が小指の先だけへんに余るくらいで」

「バスケをやるとしたら困るんだろうか」

「どうだろう。そうかもしれないね、ボールをしっかり摑みづらいだろうから」

倫がこちらに右の手のひらを差し出してきたので、左の手のひらを合わせる。温度の高い手だと思った。こうしてみると、もともとの手の大きさがかなり違う。指の股のところを合わせ、指の長さだけで比べてみる。凛の小指だけが子供の指みたいに見えた。

フフッ、と倫が笑った。

「なんか、かわいいな」

そんなふうに言われたのは初めてで、胸の辺りがむずむずしてきた。触れ合っている手のひらが敏感になっている。

「瀬川の手は、大人みたいだね」

小指以外の指も、長さや太さが凛とはずいぶん違う。それに関節が骨ばっていて、いかにも男の手という感じがした。

「葉山の手は、すべすべで気持ちいいな」

にぎにぎと、指を絡めて倫が手を握ってくる。ずっとこうしていたいような、手を引っ込めてしまいたいような、複雑な気持ちになる。

倫の手は、普段硬いボールを扱っているからか、皮が厚い感じがした。

男子と手を握り合ったことなんていままで一度もなかったが、嫌ではなかった。温かい手を拒む気になれずされるがままでいると、美術室の前の引き戸がスパーンッと開いた。

「ああっつい！　外にいると溶けるわあ」

凛や倫と同じクラスの森野《もりの》蘭《らん》だ。ショートカットの髪をハンディファンでなびかせながら、うんざりした顔で入ってきた。

「凛、お昼もう食べた？　私パン買ってきて――」

そこでやっと倫の存在に気づいたらしく、蘭の言葉が途切れた。

「瀬川……凛、なにやってるの……？」

「えっ」

凛は倫と繋いでいた手を慌てて解いた。

「いや、これはそういうんじゃなくて」

なんの説明にもなっていない言い訳を口にしてしどろもどろになっている凛の隣で、倫は焦る様子もなくおもむろに立ち上がった。

「俺も腹減った。そろそろ行くわ」

「あ、うん」

じゃあねと手を振る。手を振り返して、倫は美術室から出て行った。

「ずいぶん仲良くなったんだね」

蘭は複雑そうな顔をしている。

凛は苦笑した。倫の兄と凛の姉の結婚が破談になった話を、蘭にはしてあった。

「私と瀬川が特別仲良くなったりしたら、うちの親になんて言われるか」

「それもそうか」

自分を納得させるように蘭は言った。

蘭は倫のことが好きなんじゃないかと、凛はひそかに思っている。倫の兄と凛の姉の結婚話が持ち上がったとき、羨ましそうにしていたからだ。バスケ部員以外でも倫に憧れている女子は多いから、特に驚きはしなかった。

「大変だよね、凜のうち」

「ほんとだよ」

「お姉さんの居場所、まだわからないの？」

「わからないねえ……いったいどこでなにしてるんだか」

とは言いつつ、凜は姉のことをたいして心配していなかった。

姉は衝動的で飽きっぽく、家事ができない。最初の興奮が落ち着き、元カレとの生活が日常になったら音を上げて戻ってくるに違いない。

3

九月がやってきて、二学期になった。

一学期とほとんど変わらない日常がはじまる。変わったことといえば、都大会の決勝で敗退しバスケ部を引退した倫が、ちょくちょく美術室に顔を出すようになったことくらいだ。もうユニフォームは着ていない。まだ暑いので、半袖の夏服を着ている。

教室では取り巻きみたいな連中の真ん中で向日葵みたいに笑っている倫だが、美術室にいるときはおとなしい。美術部員の邪魔になってはいけないと思っているからなのかもしれないが、だいたいは凜がなにかしら描いているのを隣でじっと眺めていて、ときどきボソッと小声で話す。

いつも人に囲まれていたから気づかなかったが、このひとの本質は案外静かなのかもしれない。

「……瀬川んちって、あれからどう？」

なんとなく聞けずにいたことを、そろそろいいかなと思い、ふと尋ねてみた。

「空気最悪」

「うちと同じだ」

だから家に帰りたくなくて、美術室に通ってくるのか。

「兄貴は全然家に帰ってこない。たぶん、毎晩飲み歩いてるんだと思う。それはいいんだけど、会社に酒の匂いをさせていったり、遅刻したりするようになって、父親がイラついてる。でも母親は兄貴をかばうようなことしか言わないから、口喧嘩ばっかりだ」

凛は当事者である愛華がいないから父母がお互いをののしり合っているのだと思っていたのだが、倫の話を聞いて、たとえ姉がいても同じだったのかもしれないと思い直した。

「そっちのお姉さんは？」

「帰ってきてない。気楽なもんだよね。『彼とふたりで生きていきます』ってメッセージひとつで済むと思ってるんだから」

当然だが、結婚式と披露宴に関わる費用はすべて葉山家持ちとなった。当日のドタキャンだから、キャンセル費用は百パーセントだ。かなりの金額になるはずだが、両親はなんだかんだで姉に甘いから、姉が帰ってきたとしてもそのお金を払わせることはないだろう。

話しているうちに、自分の左手のデッサンを一枚描き終わった。次はなにを描こうかと考えていると、斜め向かいに座って石膏デッサンしている蘭と目が合った。

倫と話したそうに見える。

少し考えて、凜は倫に提案する。

「ね、どうせここにいるなら、モデルになってくれない？」

「いいよ」

と倫はあっさり承諾した。

「どうすればいい？　脱ぐ？」

「中学の部活でヌードモデルを描くわけないでしょう……普通でいいの、普通で。ただし真ん中に行ってほしい」

「真ん中？」

「はい、みんないったん手を止めて」

部員に呼びかけ、凜はパンパンと二回手を叩いた。十数人いる部員たちが手を膝に置いた。

「展覧会の絵が間に合わなそうなひとは、そのままそっちを続けていて。それ以外のひとたちは、モデルをデッサンしてみましょう」

凛は美術室の真ん中に椅子を置いて、倫に座るよう促した。

「瀬川先輩だ……」

と後輩たちが色めき立つ。

「ポーズは？」

「好きなようにしてくれていいよ。ただし、一時間くらい動かないで」

少し迷うような仕草をみせたあと、倫は右肘を左の太股に置き頬杖をついた。

考える人のポーズだ。

「大丈夫、瀬川？　それで一時間はけっこうキツいと思うよ」

蘭がからかうように言った。

「大丈夫、大丈夫」

余裕余裕と倫は言うが、体を軽く捻るポーズになるので、時間が経つにつれつらくなるだろうなと凛は思った。

「それぞれ描きやすいところに移動して、一時間を目標に描きましょう。じゃ、開始」

凛は自分の椅子を持とうとしたがやめて、スケッチブックを持ち、倫の斜め前の床に直接座った。顔を見上げる形になり、普段あまり気にしていなかった顎のラインや鼻筋がよく見えた。

蘭はセンターを陣取って、胸から上辺りを描こうとしているようだ。

みんなの移動が済むと美術室が静かになり、鉛筆や木炭が紙の上を滑る音だけが聞こえてくる。

騒がしいのがあまり得意でないけれど、常にひとりでいたいわけでもない凜は、こういう時間が好きだった。

倫は真面目にモデルを務めてくれていて、じっと動かない。

初めてモデルをするときは、普通ならもっと照れたり恥ずかしがったりするものなのだが、倫は落ち着いたものだ。強豪のバスケ部を率いた部長として校内では有名なひとだ。ひとから見られることに慣れているのだろう。

凜は夢中になって鉛筆を走らせた。

いつもは隣に座って前を向いたまま話していたから、こうしてまじまじと彼の顔を見ることはなかったように思う。

すっと通った鼻筋に、細めの顎。上がり気味の眉。屋内のスポーツに励んでいたからか、日にはあまり焼けていない。顔だけ見ると中性的だが、喉仏の出た首を見るとしっかり男で、そのアンバランスさがいかにも思春期という感じだ。

端的に言えば、男くさすぎずかっこいい。

これは中学生女子に刺さるのもわかる。

「やばい。けっこうキツい」

みんなでモデルのデッサンをはじめ、四十分を過ぎた辺りで、倫が弱音を吐いた。

「だから言ったじゃん」と蘭が笑う。

「頑張って、あと二十分」

凛はざっと描いたデッサンに影をつけていく。半袖のワイシャツから伸びた腕は、筋張っていて硬そうだ。

五十分を過ぎた頃には、倫の膝から下がプルプル震えていた。いまあの捻った脇腹をついたら、いったいどんな声を聞かせてくれるんだろう。そんな悪いことを考えながら、凛は鉛筆を置いた。

「終わった？」

すかさず倫が反応した。

「私はね。でもみんなはまだだから」

「鬼！」

下級生がくすくす笑っている。蘭はまだ真面目な顔で鉛筆を走らせ続けていた。時間ギリギリまで粘るつもりのようだ。

じりじりと時計の針は進み、六十分ぴったり経過した。

「はい、そこまで」

凛はパンパンと手を叩いてデッサンタイムの終わりを宣告した。

下級生たちがお互いの絵を見せ合ったりして、ざわざわと美術室が少し賑やかになる。

倫は座ったままふーっと大きく息を吐いて、腰をこきこき鳴らした。

「お疲れ様」

「まじで疲れた……ただ座ってただけなのに。モデル舐めてた……」

「プロのモデルさんでも、二十分に一回は休憩するものだからね」

「それを六十分って！　やっぱり鬼だ！」

「正直途中でやっぱり無理だからやめるって言い出すと思ってたよ。忍耐力あってびっくりした。瀬川はすごい」

「……そう?」

手放しで褒めると、まんざらでもなかったのか、倫は照れたような顔をした。

「見て見て瀬川、かっこよく描けたよ」

蘭が描きあがったばかりのデッサンをスケッチブックごと倫に渡す。凛も倫と一緒に見てみたが、気合いが入っているのがよくわかる、いい絵だった。頬杖をついて斜め下に視線をやっている倫の憂いを含んだ表情が印象的だ。

「おお……かっけえじゃん。誰だ？　俺か」

まじまじとデッサンを見つめる倫を見て、蘭が嬉しそうに笑う。蘭の邪魔をしたくなくて、凛は自分のデッサンを出すのはやめた。

4

「――凛にお願いがあります」

部活がはじまる前に、蘭が真剣な表情で顔を近づけてきた。

「いいけど、なんで敬語」

「それだけ本気だってことで。あのさ。その……私、実は、せ、瀬川のことが好きなんだけど……」

蘭は言いづらそうだったが、凛はなんだそんなことかと思った。

「だろうね」

「えっ、気が付いてた？　私、そんなにわかりやすい？」

「このあいだのデッサン見ればわかるよ」

倫はもともと美形だが、それにしたって三割増しくらいで男前に描けていた。恋心がダダ漏れだ。

「で、お願いって？」

「協力してもらえないかな」

「協力って、どういう」

「ほんとはふたりでどっか遊びに行こうって誘いたいんだけど、いまの瀬川と私の関係じゃ唐突感ありありで、たぶん断られちゃうと思うんだ。だから、凛も含めて三人でお出かけしようって誘うのはどうかなって」

「どうかなって言われてもなあ……」

「お願い。凛はほら、瀬川と仲いいし、誘いやすいでしょ」

凛だって放課後にそこそこ話すようになったというだけで、気軽に学校外で遊ぼうと言えるような仲ではない。

それに誘うのも自分の役目なのかと思うと荷が重い。

「仲いいっていうか、親戚になりかけたから、多少気安いっていうだけなんだけど」

「それでも、私よりは親しいじゃない」

「……まあ、聞いてみるくらいはいいけど、私ふたりの間を取り持つような器用な真似できないよ?」

「大丈夫。そこまでは期待してない」

そう言われると、それはそれで微妙な気分だ。

「で、どこに誘えばいいの?」

「どこがいいかなあ」

知らないよ、と心のなかで突っ込む。

「あんまりお金かからないところにしてよね」

「それじゃ、動物園はどう？　瀬川と動物をスケッチしたいんだーとか言って」

「動物園ねえ……」

小学生の頃に行ったきりだ。たしかにああいう公営の施設は入場料が安い。中学生の少ない小遣いでも気楽に行けるし、よっぽど動物が苦手でなければ、退屈することもないだろう。


というわけで、そのあと美術室にやってきた倫を、さっそく誘ってみることにした。こういう、蘭には悪いがちょっと面倒なことは、早めに終わらせるに限る。

「動物園かあ。小学生の頃に行ったきりだな」

「私も」

「だめかなあ……？　暇だったらでいいんだけど」

蘭は上目遣いで倫をじっと見ている。

「暇かと聞かれると、一応受験生なんで、暇ではないかな」

「うっ」

凛と蘭は同時に矢で射られたように胸を押さえた。勉強のことを言われると弱い。

「……受験のことは、秋になったら考えようよ」

「もう九月ですぜ、おふたりさん」

倫がニシシと笑う。

彼は十中八九推薦狙いだろうから、一般受験組の凛や蘭より受験が早い。

「まあでも、べつにいいよ。もう部活もないし。他には誰か行くのか？　俺ら三人だけ？」

「う、うん」

蘭の声が上擦っている。頬は紅潮していて、倫が承諾してくれたことをめちゃくちゃ喜んでいることが丸わかりだ。

素直でかわいいな、と凛は思った。

タイプは違うが、愛華も考えていることが顔や態度に出やすかった。なにかあっても反応が乏しい自分とは全然違う。そんなだから、両親には愛華の方が可愛がられていた。

一方倫がこの誘いをどう思っているのかは、正直よくわからない。もともと愛想がいいから、モデルを頼まれたときのような気軽さで受けてくれたような気もするし、蘭に好感を抱いているととれなくもない。

ともあれ、今度の日曜日、待ち合わせ場所は動物園の入り口、時間は午後一時に決めた。

日曜の空は、綺麗に晴れた。おかげで真夏並みに暑い。

若干うんざりした思いで、凛は適当なTシャツを着てくるぶし丈のパンツを穿いた。いつも下ろしている髪は、高めの位置で結ぶ。

「部活もいいけど、そろそろ勉強の方もちゃんとやりなさいよ」

玄関で母に小言を言われた。

「はーい」

ちなみに母には、蘭とふたりで動物のスケッチをしに行くと言ってある。瀬川家に大迷惑をかけたと思っている親には、倫も一緒に行くなんてとても言えなかった。

十分前には待ち合わせ場所に行ったが、蘭はもう着いていた。

「凛、やっほー」

「……気合い入ってるね」

日傘をさした蘭は、学校で見るよりもずっと大人っぽかった。イヤリングをしているし、うっすらとではあるけれど化粧もしている。

「やだ、わかっちゃう？」

「どうだろう。化粧してるって、瀬川は気づくか気づかないか微妙な線だと思う」

こういうのは、女同士だからわかるのであって、男は案外気づかない。

「よし、そのくらいを狙ったから、いい感じ。凛はいつもの凛って感じだね」

「私が気合い入れてどうするの」

そんなことを話しているうちに、倫がやってきた。

「悪い、待たせたか」

とは言ったが、時間通りだ。

倫はなんてことのないチノパンとストライプのシャツを着ていたが、私服姿が新鮮だったのか、蘭は倫に見とれている。

「それじゃ、行こうか」

三人揃ったのでさっそく動物園に入った。安いだろうと思っていた入園料は、中学生だとなんと無料だった。公営だけあって、太っ腹だ。

園内は日曜日とあって家族連れを中心に賑わっているが、敷地が広いから混雑しているというほどではない。

「どこで描く？」

倫に聞かれ、一瞬なんの話かと思ったが、そういえばスケッチがしたいという口実を使ったんだった。スケッチブックはちゃんと持ってきた。

「あんまり混んでなくて、動きの少ない動物がいいな」

蘭が言った。

きょろきょろと辺りを見回しながら、ゾウの脇を通る。かわいいし大きくて描きやすそうだが、意外とよく動く。続けて猿山が目に入ってきた。こっちはもう、みんな動きっぱなしだし、見ているひとが多くて邪魔になってしまいそうだ。

ああでもないこうでもないと喋りながら、この動物園の東園と西園を繋ぐ橋を渡る。

「あ、あれがいいよ」

蘭が指さした先にいたのは、ハシビロコウだった。

なるほど、これは動かない。それはもう、びっくりするくらいじっとしている。しかもラッキーなことに、柵の近くにいる。

「瀬川、この辺立って。自然と、柵に手を置く感じで」

蘭に指示されるがまま、倫は柵に両手を置いてハシビロコウを眺めた。

「なあ、『ハシビロコウに噛まれることがあるので、柵に近づかないでください』って書いてあるんだけど」

「瀬川の犠牲は忘れないよ。はい、それじゃ二十分。開始」

凛は時計を見て言った。

凛と蘭はすぐに、スケッチブックに鉛筆を走らせはじめる。

前回よりは楽なポーズのためか、倫はハシビロコウ並みに動かない。

他の観客に絵を見られたら少し恥ずかしいと思っていたが、たまにちらりとなにをやっているんだろうという感じでこちらを見ていく子供がいる程度で、それもすぐに飽きて親の元へと走り去っていった。

ちょっと暑いけれど、青空の下でスケッチするのは楽しかった。集中していると、二十分はあっという間に過ぎた。

「はい、終了。瀬川もハシビロコウもお疲れ様」

どちらも二十分間、ほとんど動かなかった。

どれどれと、蘭とスケッチを見せ合う。

同じ景色を描いているはずなのに、なにを中心に置いているのかが違っておもしろい。もちろん蘭は倫を中心に描いていてハシビロコウは背景のスパイスになっているし、凛はハシビロコウを主役に据えていて倫はあくまで観客という感じで描いている。

そのあとは、ちょうど眠っていたサイと、ハシビロコウ並みに動かないイグアナのところでまた二十分ずつスケッチして、終わりにしようということになった。

屋外にたくさんベンチを並べている軽食屋でかき氷を買い、三人で食べる。モデルのお礼として、倫の分は凛と蘭で払った。

「労働のあとのかき氷は最高だな」

合計一時間じっとさせられて大変だったろうに、緑色のシロップがかかったかき氷をザクザク食べている倫はご機嫌に見えた。

「ほんとありがとうね。久しぶりの野外スケッチ、楽しかった」

赤い色のシロップがかかったかき氷を持っている蘭の頬は、わずかに赤くなっている。ここに凛がいなければ、たぶんふたりはかわいらしいカップルにしか見えなかっただろう。

「これからどうする？　もう帰っちゃっていいのか？」

先がスプーン状になったストローを行儀悪く口で咥えて振りながら倫が聞いてきた。

凛は携帯で時刻を確認した。まだ午後三時を回ったくらいだ。

「せっかくだから、パンダ見ていこうよ、パンダ」

蘭が身を乗り出した。

パンダの展示には列ができているのがベンチから見えた。三年前に生まれた双子のパンダは、現在三十分待ちらしい。

「三十分くらいならいいぞ。列は動くし、二十分じっとしてるよりずっと楽だ」

「やったー」

倫の返事に蘭が手を叩いて喜ぶ。

凛も嫌ではなかったので、付き合うことにした。

パンダは現在この動物園に四頭いて、いま展示されているのはお父さんパンダと双子パンダの男の子の方で、それぞれ別の部屋にいるようだ。

双子の男の子の方は三十分待ち、お父さんパンダはすぐ見られますとのことだったが、蘭は迷わず双子の男の子の方に足を運んだ。

「こういうのって、どうしても子供の方見たくなっちゃうよね」

それもあるだろうが、倫ともっと話したかったんだろうなと凛は思った。疲れたからベンチで待っているとでも言ってふたりきりにしてあげるべきだったかと最後尾に並んでから気づいたが、もう遅い。

こういうところ、自分は本当に気が利かない。

「――私らの名前って、ちょっとパンダっぽいよね」

蘭がいたずらっぽい顔をした。

「え?」

「リンリンとランラン」

「どっちも俺らが生まれる前にいたパンダだな。ちなみに俺の名前はミチだけどな」

「そうだけど、バスケ部のひとたちはみんなリンって呼ぶじゃない。私いつも瀬川と凛が一緒にいると、パンダっぽいなあと思ってた」

係員に促され、前へと歩く。十五人ほどを一グループとして、二分ごとにパンダの前から移動させせられるらしく、列が進むときにはぐっと進む。

蘭は倫の顔を見上げ、なにか言いたげにもじもじしている。

「なに?」

「その……私も、リンって呼んでいいかな」

「いいよ」

倫はあっけらかんと答えた。

「リンでもミチでも瀬川様でも好きに呼んでくれ」

バスケ部やクラスの他のひとたちならともかく、一番凛と一緒にいる時間が長い蘭まで彼をリンと呼ぶと、正直わかりづらいなと思うが口にはしない。

はにかむように笑っている蘭がかわいかったからだ。

倫は蘭の好意に気づいているんだろうか。いままで何人も女の子から告白されてきただろうし、ひとの気持ちの機微に鈍くはなさそうだが。

列は順調に進み、ちょうど三十分ぴったりくらいで三人は双子の男の子パンダの前に着いた。

三歳のパンダは、木の上で丸くなってこっちを向いている。

生まれたときにさんざんニュースで見たのよりはずいぶん大きくなっているけれど、まだまだ子供っぽさが残っていて、まるでぬいぐるみのようだ。

「か、かわいいっ……！」

蘭は最前列までパンダに近寄り、スマートフォンのカメラで連写している。凛は親にスマートフォンを買い与えられていないので、パンダをじっくり眺めてから振り返ったら、そのタイミングで後ろにいた倫に写真を撮られた。

「な、なに」

「パンダと葉山のツーショ。さんざん描かれたんだから、一枚くらい撮ったっていいだろ」

「まあいいけど」

その写真が倫の親の目に入ったら面倒なことになるかもしれない。ちらりとそんなことを思ったが、普通の親なら中学生の子供のスマートフォンを覗くような真似はしないだろう。

「リンリン、写真撮らないの？」

蘭が満足げに最前列から退散してきた。

「私はスマホないから。っていうか、まとめて呼ばないで」

パンダ舎の前にいられる制限時間二分が経ち、外に出る。

それからお喋りしながらだらだらと歩き、橋を渡って東園から西園に戻り、動物園の出口を目指す。出口の近くには園内で一番大きい土産物屋があり、蘭が見たいと言い出した。

「パンダばっかりだね」

「ほんと。八割パンダって感じ」

凛は蘭の言うことにうんうん頷いた。

店ではぬいぐるみや文具、お菓子などいろんなものを売っているが、その八割はパンダにまつわるものだ。

「凛、ちょっとお店見てて。私お手洗い行ってくる」

「わかった」

蘭を見送り、店内の商品を眺めていると、変わったパンダが目に入った。

十センチほどの大きさのそれは、本来なら白い部分がピンク色で、黒い部分は薄い灰色だった。同じ籠のなかには、全身ピンク色で黒い部分がまったくない細身のぬいぐるみもある。

「さっき見た双子パンダの生まれてすぐの頃を再現したぬいぐるみみたいだな」

倫が話しかけてきた。

「ああ、そういう」

言われてみれば、値札の近くには双子のパンダの名前と日齢、そのときの重さが書いてあった。双子は男の子が百二十四グラム、女の子が百四十六グラムで生まれたようだ。灰色の模様が出ているのは、生まれて十三日目の姿らしい。

重さまで再現しているから作るのが大変なのか、おひとり様各一点までの制限がかかっている。

「パンダ感って、黒い模様によるところが大きいんだな」

「ほんとだね。全身ピンクだと、なんの動物なのか全然わかんなくて、すごいかわいい」

手に取ってみると、背中には金具がついていて、キーホルダーになっていた。

一瞬買おうかと思ったが、二千円弱と、中学生としては少々迷う値段がついていた。今月のお小遣いはいくら残っていただろうか。

「なんの動物なのかわからない方がかわいいって、どういう感性だよ」

笑いながら言って、倫は凛の手から生まれたての女の子パンダのキーホルダーを取った。そして商品棚の籠のなかから男の子パンダの同じものをひとつ取り、迷わずレジへ向かう。

「え、瀬川？」

「リンリン仲間のよしみだ」

サッと会計を済ませ、女の子の方を凛によこした。

「あ、ありがとう」

もらってしまっていいものか迷ったが、押し付け合っているところを蘭に見られてはまずいと思い、すぐにバッグに入れる。

それからすぐに、蘭は手洗いから戻ってきた。

「お待たせー。なにかおもしろいものあった？」

蘭の笑顔に、胸がぎゅっと痛む。

「ハシビロコウのぬいぐるみあるよ。全然動かないところが本物そっくり」

「そりゃそうだ」

あははと笑う蘭の表情に陰りは一切ない。さっきの倫とのやり取りは見られていないようだ。

凛はバッグの上から、女の子パンダのキーホルダーをそっと撫でた。

やましさと嬉しさで心がぐちゃぐちゃになる。感情が顔に出づらいタイプで本当によかったと初めて思った。

5

文化祭が終わり十月に入ると、三年生の日常は受験一色になった。

倫は都立トップの進学校への一般推薦入学を狙っているらしい。凛は一般入試でそこそこの進学校を受けるつもりだ。蘭は親の勧めで私立の女子校を第一志望にしたという。

もう絵を描いている場合ではないのかもしれないが、凛は週に何度か下級生に混ざって美術室にこもっていた。

勉強だけしていると息が詰まる。背伸びをして無理めの高校を受けるわけではないので、そこまで頑張らなくてもいけるだろうと思ってしまうのも、勉強にいまいち身が入らない理由だった。

絵を描いていると落ち着く。自分の実力はよくわかっているので、美大に行きたいなんて大それたことは考えないが、ずっと趣味にしていけたらいいなと思っている。

コンコンと控えめなノックの音がして、美術室の後ろの扉が開いた。もう振り返らなくても誰が来たのかわかる。

「よう」

肩から鞄をかけ、帰り支度を済ませた倫が後ろから近づいてきて、凛の隣に座った。そこはもう、彼の定位置みたいになっていた。

「葉山がいるの見えたから」

「うん」

生返事をしながら、手を動かし続ける。モデルは中央に置いた石膏の胸像だ。しばらく描き続けたが、いまいちしっくりしないできだったので、鉛筆を置いた。

「もう完成？」

「じゃないけど、違うの描きたい。どうせいるなら、モデルやって」

「六十分じゃなければ」

「根に持つね」

凛は苦笑して、美術室にある彫刻の写真集を開く。

「これが描いてみたいんだ」

「『手』か。美術の教科書に出てた」

「そう」

高村光太郎《たかむらこうたろう》の『手』。反り返った親指に、ふわりと曲線を描いた小指。おそらく日本で一番有名な手の彫刻だ。高村光太郎自身の左手をモデルにしたといわれているので、凛も自分の手で描いてみようとしたことはあるのだが、女の手、しかも極端に小指が短い手では全然同じフォルムにならず断念した。

「どれどれ……え、これ難しくね?」

「難しいよ。頑張って」

手首を反らせ、中指と人差し指はスッと上に伸ばす。薬指と小指は自然と丸まるように。

「親指もっと前。それから手首ぐっと反らせて」

「やばい、これ絶対指つるって」

ヒイヒイ言いながらもやめないでいてくれるのだから、倫もひとがいい。

「こ、これでいいか?」

「うーん……小指の角度を、もうちょっとこう……」

倫の左手に顔を近づけ、細部の調整をする。そうしていると、自然と体を寄せ合う感じになる。

そこへ美術室の前の扉が開き、蘭がなかに入ってきた。

タイミング最悪だ。

「いや、これは違くて」

凛は倫の手をパッと離した。

「……べつに誤解してないけど」

そうは言いつつ、蘭が傷ついた顔をしているものだから、凛はいたたまれない気分になる。

「なあ、これ描くなら早くしてくれないか。たぶん十分もたない」

手をプルプルさせて倫が情けない声を上げてくれたので、居心地の悪い空気はうやむやになる。

「私も描いていい？」

「もちろん」

蘭は凛と並んで、スケッチブックを開いた。

「なんか……」

「うん？」

「リンリンって、距離近いよね」

蘭がぼそっと言った。

「そんなことは」

ないよと即答できなかった。

他の男子にさっきと同じことをするかと聞かれると、たぶんしない。そもそも凛に他の男友達はいないのだが。

ただ、男女問わず友達の多い倫なら、他の女子と平気で同じことができるように思う。

クラスの教室にいるときの倫は、たいていひとに囲まれているから、凛や蘭に話しかけてくることはない。そしてかわいい子が集まっているグループの子たちは、平気で倫の腕に腕を絡めたりしているのを見る。

「瀬川は、私とだけじゃなくて、老若男女問わず誰とでも距離が近いんだよ」

「俺褒められてんの？　それともディスられてんの？」

「どっちでもない。事実を言っただけ」

倫はいまいち納得していないようで、軽く唇を尖らせた。

凛はスケッチブックに鉛筆を走らせながら、鞄の奥に入れたままにしているパンダのキーホルダーのことを思った。

蘭を裏切りたいわけじゃない。でも蘭には話せないことがじわじわと増えていく。

6

秋の気配が深まり、教室の空気がいよいよピリピリしてきた。

一月に試験のある推薦入試組はあと二か月、一般入試組も三か月ちょっとで本番だ。

目には見えない重りを両肩に背負っているようで、常に少し息が苦しい。

両親は凛が第一志望に決めた学校に不満があるようで、もっと上を狙えばいいのにとチクチク言ってくる。でも凛は、ぎりぎり滑り込めるような学校に入って、そのあと周りについていけず辛い思いをするのが嫌だった。まあまあ勉強のできるひと、くらいの位置をキープできるような環境に身を置きたい。

推薦入試組の本番が近づくなか、倫は回数こそ減ったものの、週に一度は美術室に顔を見せた。推薦入試の対策は、面接と小論文が中心だ。要領のいい倫なら、そつなくこなせるだろう。

部活が休みの水曜日は、いつも美術室で絵を描く道具ではなく勉強道具を広げている。なんだかんだで、ここが一番落ち着く。けっして倫が来るのを期待しているからではない、と思いたい。

苦手な数学のテキストを開き、うんうんうなりながら問題を解く。図形を切り取って断面積を求める問題も、動く点Pの問題も大嫌いだ。点Pはとりあえずじっとしていてほしい。凛は根っからの文系人間だった。

後ろの扉から、コンコンと控えめなノックの音がした。

倫かと思い、パッと振り返る。倫は数学が得意だから、教えてもらえると期待したのだが、入ってきたのは蘭だった。

「蘭?」

様子がおかしい。

必死になにかを我慢するように通学鞄の持ち手を握り締めている。

「どうしたの?」

返事をせずに、ずんずんと凛のところまで来て、隣に座る。

見れば大きな瞳にはいまにもこぼれ落ちそうなくらい涙が溜まっていた。宝石みたいだと凛は思った。

「……瀬川に、振られちゃった」

「え、コクったの?」

うん、と頷いた蘭の目から涙が溢れ、頬を濡らした。

「いま、ちょうどひとりでいたから、空き教室に呼んで。好きだから付き合ってって言った」

蘭らしいストレートな告白だ。

「瀬川、迷ってもくれなかった。まっすぐ私の目を見て、そういうふうには見れない、ごめんってハッキリ言われた」

こちらも倫らしいストレートな返答だ。

「三人で遊びに行くのはオッケーしてくれたから、あまたの瀬川に振られてきた女の子たちよりは一歩リードしてるんじゃないかと思ってたんだけど、全然そんなことなかった」

　蘭が静かに泣きながら肩に寄りかかってくる。凛は蘭の髪をくしゃりと撫でた。

「こんな気持ちを抱えたまま受験勉強に集中するなんて無理だから、告白したんだ。きっぱり断ち切ってくれた瀬川には、感謝しないとって思ってる。まだそこまで割り切れないけど」

「そっか……」

　次から次へと溢れてくる涙が、とても綺麗なものに見えた。蘭の素直さや勇気は、凛にはないものだ。

　それからしばらくふたりは、巣穴のなかにいるきょうだいの獣みたいに体を寄せ合っていた。

「――ねえ」

「うん？」

「凛はほんとに瀬川のことなんとも思ってないの？」

「思ってないよ」

　蘭のさらさらした髪を指で梳きながら答えた。

　ピンク色のパンダが、胸の奥で聞いたことのない鳴き声を上げる。

「でも仲いいじゃない」

「普通だよ。それに、うちのお姉ちゃんと瀬川のお兄さんのこと話したでしょ。私と瀬川がどうにかなったりしたら、親が卒倒しちゃう」

「それもそうか」

蘭が小さく笑った。

「……望みなんてないのわかってたのに馬鹿みたいって凛は思うかもしれないけど、悔いを残したくなかったんだ」

「馬鹿みたいなんて思わないよ。蘭はすごい。勇気ある。さすが私の親友だよ」

照れくさそうに笑う蘭は、本当にかわいかった。

7

年が明けて、三学期がはじまった。

倫はあれから美術室に来なくなった。

蘭に会うと気まずいだろうし、推薦入試組は受験が間近だ。だから仕方ないと思いつつ、体の内側で冷たい風が吹いているような心地がした。

これが寂しいという感情なのだろう。

部活のない水曜日。凛はまた美術室でひとり、受験勉強をしていた。誰もいない教室は静かで、自分がシャープペンシルで字を書く音だけがかすかに聞こえてくる。

勉強には、あまり身が入っていない。先日受けた合格判定模試で、第一志望校の合格率は八十パーセント以上と出た。たぶん受かるだろうと思うと、いま以上に頑張ろうという意欲が湧いてこない。

かといって、あまり早く家に帰りたくもなかった。少しでもだらだらすると母がいらいらした空気を出してくるのが嫌なのだ。

母自身は自覚していないかもしれないが、凛の受験について神経質になっているのではない、と凛は思っている。

あれから電話ひとつよこさず、どこにいるのかもわからない姉への苛立ちを本人にぶつけられないものだから、手近にいる凛の一挙一動が気になって仕方ないのだろう。凛にしてみれば、いい迷惑だ。

倫はどうしているだろうかと、ふと思った。

さっきクラスの教室から出たとき、他のクラスの女子が倫を呼び出しているのを見かけた。あれはそのままどこかへ連れていかれ、そこで待つ誰かに告白される流れだろう。

受験前だというのに、いや受験前だからなのか、誰と誰がくっついただの離れただのという話が増えた。その手の話題に鈍感な凛の耳にまで入ってくるぐらいだから、相当数あるのだろう。

他人の恋愛話にはあまり興味がない。ただ、倫が誰かと付き合いだしたら蘭が悲しむだろうなと気がかりではある。

完全に集中力を失い、参考書から顔を上げて窓の外を眺める。

グラウンドにいるのは一年生と二年生ばかりで、もう三年生の姿はない。ランニング中のかけ声が聞こえてくる。部活の中心は、もう二年生だ。あと二か月で自分たち三年生はこの校舎から出て行くのだと思うと、感傷的な気分になった。

参考書を閉じ、スケッチブックを取り出す。三年生になってから使いはじめたものだが、残りページはもうほとんどない。

ぺらぺらと初めからページをめくっていくと、自分の手のデッサンがしばらく続いた。そのなかの一枚が目に留まり、手が止まる。

夏休みに、倫が初めて美術室に来たときのものだ。凜の姿が見えたから、と入ってきて、隣に座り凜が描いているのをじっと見ていた。凜の小指が短いことに気づいて、手を合わせてきたのもこのときだ。

左の手のひらを眺める。体温が高く、皮膚が厚そうだった倫の手の感触を思い出す。

スケッチブックのページをさらにめくる。

倫に手のモデルをしてもらったときのデッサンが出てきた。高村光太郎の『手』の形が難しくて、倫は十分も同じ形を維持できず、デッサンは中途半端なところで終わっている。

凛は短い小指で、鉛筆で描かれた倫の小指にそっと触れた。

「――それ、途中だったたな」

声をかけられ、振り返った。開きっぱなしだったドアの向こうに倫が立っている。帰るところだったのか、鞄を持っている。

「勉強、順調？」

倫が椅子を持って隣に座ってきた。彼がここに来たのは一か月ぶりだったが、それまでと同じように背もたれを前にして、肘を置いている。

「そこそこ。私はそんなに難しいところ受けるわけじゃないから」

「そうか」

それだけ言って、倫が口をつぐむ。彼が黙ってしまうと。凛は落ち着かなくなる。窓の向こうから、どこかの部活の歓声が聞こえた。

「そ、そういえばさ」

不自然なくらい明るい声が出てしまい、内心焦る。

「さっきまた女の子に呼び出されてるの見たよ。瀬川はもてもてだね」

「え？　ああ……」

倫は露骨にうんざりした顔をした。

「なに。嫌なの？」

「嫌っていうか……削られる」

倫の言いたいことがよくわからない。

「振られた側の精神が削られるのはわかるけど、瀬川はべつに失うものなくない？」

慣れてるだろうし。と、蘭が先月倫に振られていることもあって、つい恨み言のようなことを言ってしまう。

「慣れないよ。何度同じようなことがあっても。自分のせいで傷ついている女の子を間近で見てなにも思わないほど冷たい人間じゃない」

「……ごめん」

「森野から、俺の返事が冷たかったって聞いたのか？」

「そういう言い方はしてなかったかな。ハッキリ断られたとは言ってた」

「突き放したような断り方だったかもしれないけど、曖昧な返事をするとよくないんだ。例えば『受験のことで頭がいっぱいで、いまはそういうことは考えられない』と言ったとする。そうすると相手は、『それじゃあ受験が終わればそういうことを考えられるようになるのかな』って希望を持っちゃうだろ」

「たしかに」

「だからその気がないときは、その気はないってハッキリ言った方がいいんだよ。お互いのために」

倫の言うことはいちいちもっともで、凛はなにも言い返せなかった。ハッキリ言われた方が一時的には深く傷つくかもしれないけれど、立ち直るのは早そうだ。

「しっかし、急に増えたよ、この二、三か月で。卒業までこんな感じなのかと思うと、辟易する」

倫は背もたれに載せた腕に頬を置いて、ぼそっと言った。

「みんな悔いを残したくないんだよ。卒業までに溜め込んでいた気持ちを告白してスッキリしたいっていうのはわかるかな」

「みんな自分がスッキリするためなら、俺の気持ちなんてどうでもいいのかなって、ときどき思う」

そうきたか。

これは相当疲れているなと凛は思う。倫が言っていた通り、削られているのだろう。モテるひとにはモテるひとなりの悩みがあるものらしい。

「ごめんな、愚痴っぽくて」

「いや、いいよ」

また少し、会話に間が空いた。

倫は立とうとしない。凛は勉強を再開するべきか迷った。

「これ、続き描きたい？」

「え？　ああ……」

一瞬なんのことかと思ったが、倫はスケッチブックの『手』に視線を向けていた。またモデルをやってくれるつもりなのだろうか。

「もういいよ、瀬川も忙しいだろうし」

推薦入試は一月末だ。あと二週間しかない。そしてその一か月後には、凛が受ける一般入試がある。

「じゃあ、お互い受験が終わったら、続きをやろう」

約束、と倫が小指を差し出してくる。

「……うん、約束」と、指切りをする。

倫の小指と比べると、自分の小指は子供のようだ。

指切りをしたまま、倫は自分の指と凛の指を見比べて、フフッと小さく笑った。

「やっぱりかわいいな、指」

倫の指が、離れていかない。

凛より体温が高く、皮膚の厚い指が。

腕を引けば外れるのかもしれないが、凛は動けなかった。

全身ピンク色の赤ちゃんパンダのキーホルダーが、脳内にちらつく。パンダは自宅の学習机の上にあるちょうどいいサイズの籠に入れられ、布団代わりのタオルハンカチをかけられている。

倫がふと真顔になった。

もともと近い距離にあった顔が、さらに近づいてくる。

「あ……」

凛の口から小さく声が漏れ、倫は動きを止めた。しかし凛が逃げないとわかると再び動き出し、そっと唇を重ねてきた。

凛にとって、初めてのキスだった。

ふにっ、と柔らかいものが唇に当たっている。凛は動けない。まぶたも閉じられなかった。倫は目を閉じている。近すぎる距離にいても、まつ毛が長いのがよくわかった。

角度を変えてもう一度、唇を押し付けられる。

彼の手の皮膚の厚さからは想像できないくらい、柔らかい唇だった。

今度は凛もまぶたを閉じた。

後頭部に、指切りしていない方の手を置かれる。

凛は泣きたくなったが、それがどういう感情からなのかはよくわからなかった。頭を撫でてくる手があんまり優しいからか。蘭への後ろめたさか。

倫の顔がゆっくりと離れていく。口づけられていたのは、時間にすればきっと短かったのだろうが、ずいぶん長く感じた。

凛を見た倫が、ぎょっとした顔をした。

「ごめん」

「え？」

「嫌だった？」

なにを慌てているのかと思ったら、凛の目から涙が一筋溢れていた。

「……嫌では、なかったよ」

「そうか」

凛はこてんと、倫の肩に頭を置いた。

「パンダ」

「え？」

「籠に入れて、お布団かけてある」

「待遇いいな。うちのは、壁にぶら下がってる」

「もっとかわいがってあげて」

「今晩から一緒に寝る」

肩に手を回された。また唇を重ねられる。

そうされるのが自然な気もしたし、いったい自分たちはなにをしているんだろうという気にもなる。

倫に対する気持ちは曖昧だったし、倫も好きだとか、そういうことは言ってこなかった。告白して、受け入れられて、キスをして、その先もして。そういった一連の流れは不可逆で、一歩ずつ確実に進められるものだと思い込んでいたのだが、そんなことはないらしい。

「……お姉さんから連絡あった?」

唇を数ミリだけ離して、倫が聞いてきた。

「ううん。もっと早く音を上げて帰ってくると思ってたから、驚いてる。意外と根性あったんだなって。お兄さんの様子はどう?」

「相変わらず仕事に身が入っていないって、親父が嘆いている。ここまで長くそんなだってことは、真面目に頑張っていないいまの方が本性なんだろうって俺は思ってるけど」

倫には絶対言えないが、最近の両親は姉だけを責めるのに疲れたのか、倫の兄がふがいないせいでこんなことになったなどと言い出している。

「俺たちが付き合いだしたら、親たちはなんて言うのかな」

「無理だよ、そんなの」

許されるわけがない。

そうだよなと、倫も小声で言う。

急に現実に引き戻された感じがして、凛は肩に回されていた倫の腕を下ろした。肩が軽くなったはずなのに、逆にもっと重くなったように感じた。

「そろそろ勉強するね」

「ああ、頑張って」

約束を忘れるなよというように小指を振って、倫は美術室から出て行った。

8

翌朝。

教室で会った蘭の表情は強張っていた。

おはようと言ったらおはようと返ってはきたが、目を合わせようとしてこない。

心当たりは、ある。

昨日倫と美術室にいたのを見られたのだろう。決定的な瞬間まで見られたかはわからないが、けっこうしばらく肩を抱かれた状態で喋っていたから、通りがかりに見られていたとしても不思議はない。

凛には友達が少ない。だから休み時間にはひとりになってしまうようになった。

授業の合間の休み時間はいい。勉強していればすぐに十分くらい経つし、この時期はみんなも勉強している。昼食の時間は、少し辛かった。もともと凛より社交的な蘭は、簡単によそのグループに混ざって弁当を食べるようになったが、凛はそういうことができない。

声をかけてくれた女子もいたが、結局勉強しながらひとりで食べるスタイルに落ち着いた。

倫は凛と蘭の異変に気づいているようだったが、教室で話しかけてはこなかった。少なからず彼が原因であり、へたに話しかけてこられても困るので、それでいい。

そうこうしているうちに、都立の推薦入試が終わった。

倫は見事、都立最難関校に合格した。

それから一か月の間、凛は余計なことは考えず、勉強に集中した。放課後は図書室に直行し、帰宅するぎりぎりまで受験勉強に励んだ。

いま自分が受験生として正しい行動をしているという意識は、それ以外の現実から逃げているという後ろめたさを消してくれた。

そして、三月の初日。

凛は第一志望校に無事合格した。蘭も合格したことは、人づてに聞いた。

いよいよ卒業が近くなり、教室は弛緩した空気でいっぱいになる。卒業を間近に控えてできた即席カップルたちは、過ぎていく時間を惜しむように写真を撮り、思い出を残そうとしている。

倫は教室では元バスケ部のメンバーに囲まれていて、凛に話しかけてはこない。

卒業まであと一週間、というところで、凛はやっと母から受験が終わったらという約束だったスマートフォンを買い与えられた。

さっそく遅ればせながらクラスのライングループに入れてもらう。これで同窓会などの知らせが受け取れるようになった。

グループに入った通知を見たらしく、すぐに倫から個人メッセージが飛んできた。

『スマホ買ったんだ』

『うん、やっと』

やったー！　という浮かれたパンダのスタンプが押された。かわいい。自分もほしいが、どう操作するのかわからない。

『絵を描く日程決めよう』

『私はいつでも大丈夫』

凛は一文字一文字一生懸命打ち込んだ。倫のフリック入力が速すぎて、全然ついていけない。

『じゃあ卒業式の前日の放課後は？』

さすが人気者。卒業ぎりぎりまで倫は予定が詰まっているようだ。

『了解です』

楽しみ！　というパンダの絵が送られてきて、口角が緩む。

こんなささいなやり取りに、幸せを感じる。

それから毎日、倫からはメッセージが入った。

『今日カラオケ行ってきた』とか『駅前の喫茶店のパフェでかすぎ』とか、短い文がくることもあれば、ピンク色のパンダが倫のものらしきベッドに寝かされている写真だけということもあった。

そのすべてに、凛は律儀に返信をした。

ライングループに入ったことで、蘭の個人アカウントもわかった。あれから蘭とは一度も話せていない。何度もメッセージを書きかけては、結局送れずにいる。

三年間共に部活に励み、二年からはクラスも一緒だったのに、このまま別れ別れになるのかと思うと切ないが、全部自分のせいだ。無理やりキスされたわけでもなく、言い訳の余地はない。

「——これでやっと瀬川さんちと縁が切れると思うと、ホッとするわ」

卒業式を二日後に控えた夜、夕食の最中に母がこぼした。

「まったくだ。式場のキャンセル費用なんかのやり取りのとき、ずいぶんねちねち言われたからな。うちが悪いのはわかっているが、何度キレそうになったことか。愛華が逃げ出したときはなんてことをしてくれたんだと思ったが、あんな意地の悪い舅と姑がいるところに嫁がなくてよかったといまは思うよ」

温厚そうに見えて意外と短気な父が母に同意する。

兄と姉のことは、倫と凜には関係ない。そんなことを口に出せる空気ではなかった。

凜は籠に入っているピンク色のパンダを思い浮かべた。

自分の本心を両親に理解してもらいたいとは思わない。ただパンダと一緒に柔らかいものに包んで大事にしまっておければ、それでいい。

「ところで、凜」

「え？」

「買ってあげたスマホ、変な使い方してないでしょうね」

「変なってなに」

「知らない人と出会うようなサイトに登録したり、くだらないゲームに課金したり。スマホを買い与えてすぐの頃が一番危ないって、今日テレビで言ってたのよ」

「やってないよ、そんなこと」

母は過剰にスマートフォンを敵視している。もともと漫画やテレビ番組も制限したがるタイプだ。過保護というか過干渉で、凜は内心うんざりしているが、顔には出さない。そんなことをすれば、せっかく手に入れたばかりのスマートフォンを没収されることが目に見えているからだ。それなのに、母がとんでもないことを言い出した。

「見せなさい」

「……え？」

「スマホを買ったときに、あくまで所有権は親で凛には貸しているだけ、親はいつでも中身をチェックできることにするって約束したでしょ」

「した……けど……」

心臓の拍動が激しくなる。

たしかに約束はさせられたけれど、それはクレジットカードの請求額が跳ね上がったときや、凛の様子が明らかにおかしいときなど、特別なときに限られると思い込んでいた。

「なに出し渋ってるの。ますます怪しいわね」

母は眉を吊り上げ、リビングのテーブルに置いてあった凛のスマートフォンをガッと摑んで持ってきた。

パスワードは最初に設定したものを変えることを禁じられていたため、すぐに突破される。

母は真面目な顔でホーム画面をスクロールし、妙なアプリが入ってないかチェックしはじめる。アプリ自体には、なんらやましいものはない。

問題はSNSだ。頼むから触らないでくれ、と思った瞬間、メッセージアプリが立ち上げられ、小さく悲鳴を上げかける。

トーク欄に並んでいるアイコンは、ふたつしかない。ひとつはクラスのグループのもの、そしてもうひとつには『倫』とハッキリ表示されている。

「……倫？　って、あんた、まさか」

トーク画面を開かれ、絶望的な気分になる。ここ最近のなにげない、でも親しげなやり取りを読み、母は目を吊り上げた。

「お姉ちゃんだけじゃなくて、あんたまで瀬川さんちの子とどうこうなる気⁉」

「どうこうなんてなってないって。ただちょっと、仲良くなっただけで――」

「そんな軽い気持ちであの家に関わるな！　ろくなことにならないに決まっている」

父が腹立たしげに母の手からスマホを奪い取った。

倫、そしてクラスのグループまでブロックされる。それだけでは終わらず、ＳＮＳアプリ自体がアンインストールされてしまった。

凛は俯いて下唇を噛んだ。これで中学のクラスメイトたちの連絡先をすべて失った。

明日と明後日は学校に行くから、ＳＮＳアプリを再インストールしてもう一度みんなと繋がることは可能だろうが、母は絶対に卒業式のあとにまたスマートフォンをチェックしてくるだろう。

「凛、謝りなさい」

父と母が圧をかけてくる。謝らない限り、もうスマートフォンは渡さないつもりのようだ。

自分は、謝らなくてはいけないことをしたのだろうか。

凛は膝に置いている手をぎゅっと握った。

「なによ、その反抗的な目は」

母が憎々しげに言った。

「倫くん、ずいぶんかっこいい子だったわよね。あんたもお姉ちゃんと同じ。面食いで男を見る目がない」

「面食いなんかじゃ……」

涙が込み上げてきて、うまく言葉が出てこない。

小指がかわいいと言ってくれた。

絵のモデルを務めてくれた。

おそろいのパンダを買ってくれた。

そういう宝石みたいにキラキラしている思い出のひとつひとつを無視して『面食い』の一言でまとめてほしくなかった。

「とにかく。これは高校の入学式までお預けだ」

父が判決を言い渡す。凛はそれを受け入れるしかなかった。

翌日凛は、卒業式の練習が終わると倫と待ち合わせしていた美術室に寄った。

先に来ていた倫がホッとしたような顔をする。

「来ないかもと思った」

「え？」

「昨日の夜、既読つかなかったから」

「ああ……」

どんなメッセージをくれたのかわからないが、既読はつけられなかったのだ。ブロックされてしまったし、スマートフォン本体も没収されてしまったから。

倫がさっそく『手』のポーズをとってくれる。前回よりずっとスムーズだ。練習してきてくれたのかもしれない。

凛は前回と同じ角度から、真剣に彼の手を観察した。明日は卒業式で、凛は部活の仲間たちや後輩にもみくちゃにされるだろうから、こんなふうに過ごせるのはこれが最後になるだろう。

「……なにかあった？」

デッサンをはじめて十分くらい経ったところで、倫に尋ねられた。

「あったといえばあったかな」

「なに」

「親にスマホの中身見られて、没収された。高校の入学式まで返さないって」

「……まじか」

「まじです。瀬川とのやり取りも見られたし、全部消された」

「兄貴たちのことと、俺たちのことは、関係ないと思うんだけど」

納得いかないらしく、倫は憤りを露わにした。それを見て、昨日から感じていたやりきれなさが、少し報われた気がした。

「ありがとう、怒ってくれて」

デッサンが完成した。そのページを破り取って、倫に手渡す。

「これ、瀬川が持ってて」

「いいのか？」

「うん。持っててほしい」

「わかった」

倫はじっと自分の手のデッサンを眺めてから、なにも描かれていない右下の空白の部分をビリッと破った。

そこに電話番号とSNSのIDを書いて手渡してくる。

「ほとぼりが冷めたら、登録して。SNSの表示は、俺の名前になってるとまずいだろうから、登録したらすぐ適当に女の子の名前にでも変更するといい」

「あ、あれって変更できたんだ」

知らなかった。知っていれば倫の名前のままにはしておかなかったのにと悔しくなる。

なにせつい最近までスマートフォンを買ってもらえなかったものだから、全然使いこなせていないのだ。

「……それじゃ、行くね」

「……うん」

離れがたい心を引きはがすようにして、倫から一歩離れた。

「葉山」

「うん？」

「……元気で」

「うん、瀬川も」

約束めいたことは、なにも言われなかったし言えなかった。

卒業式のあとも、倫が部活の仲間たちや後輩たちにもみくちゃにされ、制服のボタンを取られまくっているのを横目に、スマートフォンがなくて写真の一枚も撮れない凛はすぐに家に帰った。

第二章　十七歳の感傷

一礼して、引っ越し業者が家を出ていく。

荷物がすべて運び出された部屋は、やけに広く見えた。

一人暮らしをはじめたのは大学を出てからだから、この賃貸マンションには約三年間住んだことになる。１Ｋと狭い部屋だが、ひとりで暮らすには十分だったし、窓の外が開けていて明るいところが気に入っていた。

三年間、いろいろあった。いいことばかりではなかったけれど、悪いことばかりでもなかった。

いままでのことを振り返るとどうしても感傷的になるが、自分の人生を自分の手で摑み取るのに必要な三年間だったとも思う。

もう迷いはない。凜はスポンジと洗剤を手に持った。

どうせハウスクリーニングが入るから、そんなに頑張って掃除しなくていいよとは大家さんから言われているが、三年間住まわせてくれたこの部屋にお礼をしたかった。

まずは浴槽から、と凛はバスルームに向かった。

1

夏休みに入ったばかりの七月中旬。

凛は上野にある国立の美術館に来ていた。いつものように、ひとりで。

友達がいないわけではない。高校に入ってから一年と三か月が過ぎ、けっして多くはないが美術部員仲間を中心に心許せる友達が何人かできている。

三年生は秋の展覧会への出品をもって、部活を引退する。そこで、次の部長を引き受けてくれないかと昨日現部長から打診された。

二年生の美術部員は、現在男女合わせて八人いる。穏やかで優しいひとばかりだから、協力を仰げば皆手を貸してくれるだろうし、部長の仕事は多くはない。

ただ、『長』とつくものに対する漠然とした不安が拭えず、返事を保留してしまった。

胸がざわざわして落ち着かないとき、凛はよくこの美術館に来る。常設展の内容が素晴らしいのに、高校生だと入館料が無料だからだ。

なかは広くて空調が効いていて、ちょっといただけで汗が吹き出てくる外とは別世界だし、一休みするための椅子があちこちにある。誰も他人なんて見ていないから、朝から晩までいたっていい。

ミロの大作の前にある休憩スペースに座り、うーんとひとつ伸びをする。この展示室を出れば、常設展はおしまいだ。もう何度もたどっている観覧ルートなのに、いつもここまでくると名残惜しい気分になる。

やっぱり、部長やりますって言おうかな。

ミロの極太の黒い線と、太陽を思わせる真っ赤な円を見ているうちに、なんとなく勇気が湧いてきた。

立ち上がって、出口に向かって歩き出す。ミュージアムショップは、見るといろいろ買いたくなってしまうから見ない。

美術館の扉から出ると、真夏の厳しい日差しとむあっとした空気が一斉に襲い掛かってきた。一瞬で汗だくになりそうだ。

一刻も早く駅ナカに避難したい気持ちを抑えて、美術館の前庭にある『地獄の門』を見上げる。ここまで来てロダンを見ないなんてもったいない。

高さ五メートルを超える大きなブロンズの門の上部では、今日も『考える人』が真面目くさった顔で地獄を見下ろしている。

『なんか偉そうだよな』

『考える人』がなにを考えているのか話したときに、倫が言った言葉を思い出す。姉が自分の結婚式から脱走した日のことだ。あれからもう二年経つ。

「ほんと、偉そう」

フフッと笑って、凛は『地獄の門』から離れ、少し離れたところにある拡大された『考える人』のブロンズ像を見に行った。

筋肉質な裸の男性が下を見ている。全体的に拡大されているうえに目線に近いところに置かれているため、『地獄の門』の上にいる彼より表情やポーズがよくわかる。

凛は倫が右肘を左の腿に置いたこのポーズを真似て、美術部員たちの前で六十分間モデルを務めたときのことを思い出した。休憩を一度も挟まずこのポーズを一時間キープするのは、さぞつらかったことだろう。

倫とは中学の卒業式以来、一度も会っていない。

高校の入学式後に戻ってきたスマートフォンに倫の連絡先は登録していない。登録しようかと思ったこともあるが、高校に入学して新しい生活になじむのに時間がかかり、倫に連絡するタイミングを失った。

連絡先を書いた紙片は、大事にとってある。いまからだって連絡できなくはない。しかし倫は倫でもう新しい環境にすっかり慣れただろうし、いまさら中学時代に一度キスしただけの女に連絡されても困らせるだけかもしれないと思うと、動けなかった。

要は勇気が出なかったのだ。

『考える人』の前に立ち、じっと見上げる。岩の上に座った彼は、拳を歯に当ててずいぶん深刻そうな顔をしている。

『地獄の門』から切り離されたことで、『考える人』は普遍的な人間像となった。いったいなにを考えているのか、どうとでも解釈できる。だから人々を魅了してやまないのだろう。

暑いなか、帽子も被らず『考える人』を延々と眺めていると、柵の向こう側、つまり美術館の敷地外から、キャハハと笑う若そうな女性の声が聞こえてきた。

「やばい。半ケツ出てる、このおじさん」

たしかに柵の向こうから見ると、岩の上に座った『考える人』のお尻の上部が見えるだろうが、それでウケるなんて小学生男子みたいだと可笑しくなる。

「くだらないこと言ってんじゃねえよ」

呆れたような声が聞こえてきた瞬間、心臓が跳ねた。

この声は。

ふらふらと足が勝手に動き、体が『考える人』の陰から出る。

柵のすぐ前。両手をパンツのポケットに突っ込んで、仏頂面をしている、倫がいた。

『考える人』を見上げていた彼の顔が、ゆっくりと下がっていき、ハッとしたようにこちらを見る。

「——葉山」

「あ……」

凛は反射的に一歩下がった。

そこからの倫の行動は速かった。ダッシュで入り口に向かい柵の内側に入ってきたかと思うと、固まっている凛の手首を掴んだ。

「久しぶり」

「……久しぶり」

一年と四か月ぶりだった。

凛は倫の顔を見上げた。十センチくらい背が伸びた感じがする。凛は全然変わっていない。

半袖のアロハシャツにハーフパンツを穿いて、日に焼けている。顔つきからは子供っぽさが抜け、だいぶ精悍になっている。

「連絡、待ってた」

「……ごめん」

「いい。連絡しづらかったのもわかるから。今日はひとり?」

「うん。瀬川は友達と、動物園でも行ってたの?」

柵の向こうで男子がひとりと女子がふたり、こちらをじっと見ていることに凛は気づいていた。

「うん。双子のパンダがだいぶ育ってた」

倫が凛の鞄のチャックのところについているキーホルダーをじっと見た。

凛も倫のサコッシュにつけられているキーホルダーに目をやる。

薄いピンク色の十センチくらいのぬいぐるみキーホルダーは、二年前の夏休み、蘭も交えて三人で動物園に行ったときに倫が買ってくれたものだ。

双子のパンダで、倫のは男の子、凛のは女の子。

普段は机の上に置いているのだけど、上野に来るから連れてきた。倫もそうなのかもしれないと思うと、なんだか胸がいっぱいになり、凛はなにも言えなくなった。

倫も凛の手首を摑んだまま黙っている。

「――リン！」

柵の向こうから、焦れたような声がかかった。

さっき『考える人』を見て笑っていた女の子だ。ポニーテールの勝ち気そうな子で、おもしろくなさそうな顔で凛を見ている。

「彼女？」

「そんなんじゃないよ。男バスのマネージャー」

「バスケ、続けてるんだ」

「うん」

「ねー、リンってば、早く行こうよー」

「わかったって」

倫が後ろを振り返って、めんどくさそうに言った。せっかく会えたのにもう行ってしまうのかと胸が引き絞られるような寂しさを覚えたが、引き留める言葉は凛の口から出てこない。

「……なあ」

緊張した様子で倫がスマートフォンを取り出す。

「連絡先、交換してくれないか」

「あ、うん。いいよ」

親にアンインストールされてしまったSNSアプリは、高校に入学してから再インストールした。中学までは親の方針などでスマートフォンを持っていない子も何人かはいたけれど、高校では所持率は百パーセントで、部活やクラスの連絡などにないとさすがに不便だったからだ。

親も倫と学校が離れたことで安心したのか、何度かサラッとチェックしてきたものの、二年生になった頃にはもう凛のスマートフォンに触ることはなくなっていた。

それじゃあ、とアプリを立ち上げ、友達登録をする。以前の失敗は無駄にしないよう、倫の登録名はすぐに無難な女の子の名前に変更しておいた。

「やった」と、倫が小さくガッツポーズをする。気持ちの上では、凛も同じ感じだった。

「じゃ、俺行くわ」

「うん」

「連絡するから」

「うん」

倫は何度も振り返りながら、友達のところへ戻っていった。


倫からは、その晩すぐに連絡が来た。

高校でもバスケ三昧だが外を走らされるから日に焼けたこと、授業はレベルが高く、真面目に勉強しないとすぐついていけなくなってしまうこと、ピンク色のパンダは普段壁にかけてあるが、上野に行くからと思って連れていったこと。

凛もベッドに潜って、美術部を続けていることや、週末はよくひとりで美術館を巡っていることなど近況を伝えた。

たわいのないやり取りに心が躍る。こうしていると、中学の卒業間際の頃みたいだ。

何度かメッセージをやり取りしたあと、倫が『今度の日曜、部活休みなんだけど会えないか』と誘ってきた。

返信するのに、少し迷った。

日曜は、凛も部活が休みだ。今週は友達や家族と出かける用事もない。だから会えるといえば会えるのだが、中学の卒業式の前々日に倫とやり取りをしたのがバレたときの両親の怒りようを思い出してしまい、腰が引けた。

ダメ押しみたいに、倫からはパンダが両手を合わせて上目遣いで『お願い』と言ってきているスタンプが送られてきた。

かわいい。

凛もパンダでなにか送り返したいが、スタンプに課金することは禁じられている。なにかのキャンペーンでもらった無料スタンプで、『オッケー』と返事した。

すぐさま『やったー!』とパンダが大喜びしているスタンプが送信されてきた。

スマートフォンの向こうで倫がどんな顔をしているのか想像すると、口元が緩む。

布団のなかでスマートフォンを抱き締める。今度の日曜まで、まだ一週間もある。こんなに週末が楽しみなのは久しぶりだった。

2

倫と待ち合わせした上野公園のすぐそばにある甘味処には、外まで列ができていた。さすが老舗の大人気店だ。

ただ席数が多く回転も速いので、十分も待たずになかに入れた。今日も日差しがきつかったのでありがたい。

二階席に案内されて座ると、すぐに店員が温かいお茶を持ってきてくれる。

「ご注文はお決まりですか」

「クリーム白玉ぜんざいください」

「クリーム白玉金時、クリームダブルで」

お互いにお互いの注文に対して、ええ……という顔になる。

「絶妙に気が合わないね。クリームダブルって、あんことのバランス悪すぎでしょ」

「そっちこそぜんざいってなんだよ。あんは粒々感があってこそ美味いんだろうが」

どうでもいいといえばどうでもいいが、譲れない戦いがそこにはあった。

少し待って、注文した品がふたりの前に運ばれてくる。

「ひと口ちょうだいって言ってもやらないからな」

「いらないいよ」

倫とこうして中学時代のようにぽんぽんとどうでもいいやり取りができるのが、いまだに信じられない。特に約束したわけでもないのに、ふたりしてまたピンク色のパンダを鞄につけてきているのも信じられない。

なんとなく、倫とはもう二度と会えないと思い込んでいた。彼の連絡先を書いた紙を持っていたのだから、凛の方からはいつでも連絡しようと思えばできたのに。

「……それで、葉山んちはあれからどう？」

倫がクリーム白玉金時のクリーム部分だけをひとすくい口に入れた。

唇についたソフトクリームをちろりと出てきた舌が舐めとる。驚くほどに柔らかかったその唇の感触を生々しく思い出し、凛は思考を振り払うように拳でドンっとテーブルを叩いた。

「それが聞いてよ」

「おお、どうした」

「結婚式場から脱走するなんてあんな熱烈なことしておいて、この春『やっぱりなんか違った』って言って、ぷらっと帰ってきたの。いまは近所のファミレスでバイトしてる」

「まじか。ウケる」

倫の肩が揺れる。

「お父さんもお母さんも呆れはしてもたいして怒らなかったし、アルバイトじゃ無理だろうって結婚式のキャンセル料も払わせないし。お姉ちゃんに甘い甘い」

「自由でいいな、葉山の姉ちゃん。葉山にしたら、たまったもんじゃないかもしれないけど」

「お姉ちゃんのことはべつに嫌いじゃないし、仲が悪くもないんだけど……親の態度が、お姉ちゃんと私じゃ全然違うのが気に入らないっていうか」

「葉山はしっかりしてるから」

そう言われがちなのは事実だが、凛は自分をしっかり者だとは思っていない。常識に縛られ、姉ほど自由人になれないだけだ。

「瀬川の家は？　どんな感じ？」

「あんまり変わらないかな。破談になったことを話すのは、タブーみたいになってる。兄貴は相変わらず適当に働いてるみたいで、父さんは兄貴じゃなくて俺に会社を継いでほしいみたいなことを言い出した」

「お互い、上のきょうだいに振り回される人生だね」

「勘弁してほしいよな。いままでいろいろ優遇されてきたんだったら、長子としての責任を全うしろっての」

凛は白玉とあんを一緒にすくい、口の中に入れた。滑らかな白玉も、甘さ控えめなあんもとても美味しい。

「葉山はいまも美術部続けてるんだったよな？」

「うん。秋からは部長になりそう」

「すごいじゃん」

「ひと少ないだけだから、すごくはないかな。瀬川はバスケ続けてるって言ってたね」

「うん。けっこう強いよ、うちの学校」

倫の学校は、公立では都内で一番の進学校だ。それでいて部活も強いのだから、まさに文武両道というやつだ。

「そうだ、葉山、来週の週末暇？」

先に食べ終えた倫がお茶を飲みながら尋ねてきた。

「土日は展覧会の前以外は基本休みだから、暇だよ」

「土曜に試合があるんだ。練習試合だけど、よかったら観に来ないか」

倫の提案に凛は戸惑った。

「それって、関係ない学校の生徒が観に行っても大丈夫そうな感じなの？」

「全然大丈夫。選手の家族とかみんな来るし……あ、うちの親ならいつも来ないから平気」

「私、バスケのルールってよくわかんないよ」

「中学の体育でやったろ」

「ゴールに入ったらだいたい二点。たまに一点とか三点」

「それだけわかっていれば問題ない」

はい決まり、というように倫が笑う。

「そう……かなあ……？」

凛はまだ迷っている。どこでもひとりで行けるタイプではあるのだが、そもそもスポーツ観戦に行ったことが一度もない。どういう雰囲気かわからず、気後れしてしまう。

「だいたい、不平等だと思わないか？」

微妙な顔をしている凛に倫が言った。

「え？」

「俺は何度も葉山の部活を観に行ったのに、葉山は一度も俺の部活を見に来てくれてない」

「い、いやあ……それは……」

中三の頃の話なら、来てと頼んだわけではなかったのだが。

「わかった。じゃ、来週試合観に来てくれたら、再来週は葉山の行きたいところに行く」

「なにそれ」

凛は思わず笑ってしまった。そんなに観に来てほしいのか。

中学の卒業式の前々日、倫と連絡を取り合っていることを知ったときの母の顔が脳裏をよぎった。あれから一年以上経つし、もうほとぼりも冷めている、と思いたい。

「……わかった。行くよ」

どうせなにか用事があるわけではないのだ。それに、縁が切れたと思っていた倫と、先々まで約束ができるのは正直嬉しい。

「やった」

倫は顔の前でぐっとガッツポーズをした。

「観てて。俺めちゃくちゃ頑張るから」

3

翌週の土曜の午後。試合の会場は、倫が通っている学校の体育館だった。二階にぐるりと廊下があって、ゴール付近には椅子も少しある。外は真夏だが、体育館のなかはエアコンがよく効いていた。

椅子はもう埋まっていたので、凛はゴールを斜めに観る感じで通路の柵にもたれかかって観戦することにした。通路もほとんど埋まっている。少し早く来てよかった。

それにしても、練習試合だと聞いてきたのに、ずいぶんたくさんの観戦者がいる。

選手の家族らしき大人や子供もいるが、圧倒的に多いのは女の子たちだ。倫が通っている学校は、偏差値が高いことの他に校則がないことでも有名だからか、派手な髪色の女子も多く、なんとなく気後れしてしまう。

女の子たちはみんな賑やかで、特に聞く気がなくとも話している内容が聞こえてくる。やっぱり選手たちのファンらしく、人の名前がちらほらと混ざっている。そのなかでも、気にしているからか「瀬川くん」というワードが際立って多く聞こえてくる感じがして落ち着かない。

十分ほどそのまま立って待っていると、試合前の軽い練習という感じで、パラパラと選手たちがコートに出てきた。選手たちも観客と一緒で、黒髪から金髪に近い茶髪までいる。

倫の姿はすぐに見つけられた。黒髪の短髪。背がずいぶん高くなったと思ったけれど、こうしてバスケ部員の中にいるとそう目立たない。

リラックスした様子でチームメイトとボールを投げ合い、ふとこちらの方に顔を向けた。

倫はパッと表情を明るくして、凛に手を振ってきた。

「あ……」

周囲にいた女の子たちの視線が、誰に？　という感じでそわそわとさまよう。

倫を無視するわけにもいかず、凛は小さく手を振り返した。

嫉妬めいた視線が、あっちからもこっちからもぐさぐさと突き刺さってくるのがわかる。なんであんたみたいな地味な子が、と思われているのもわかる。

倫は中学生時代女の子たちからモテまくっていたが、高校に入ってからもそれは変わらないらしい。

そういえば、付き合っているひとはいるのか聞いていなかった。

上野で再会したとき、倫を含めて男女二人ずつで遊んでいたようだが、あれはダブルデートだったんじゃないだろうか。倫は彼女じゃない、と否定していたけれど、女の子の方はどう思っていたのかわからない。

などと考えていると、背中がざわっとした。

コート脇に立っている女の子から、すごい目で睨まれている。その顔を、凛は見たことがある。上野で『考える人』のブロンズ像を見て『半ケツ出てる』と笑っていた子だ。マネージャーだから、選手たちの近くにいるのだろう。

他にどうしていいかわからず、会釈してみたら、思いっきり顔を逸らされた。

こわっ、と思ったけれど、これくらいどう思われているかわかりやすい方が楽だとも思う。あの子はきっと、倫のことが好きなのだ。

やがてピーっと笛が鳴り、両校の選手が一列に並んだ。

互いに一礼して、真ん中の円いところに選手がひとりずつ入る。審判がふたりの間にボールを高く投げ、試合がはじまった。

はじまってものの一分で最初の得点が決まって、えっ、と驚く。よくわからないが、倫たちのチームが先制したようだ。

すぐに相手チームがゴール下からボールを投げ入れ、試合が再開する。展開が速くて目が忙しい。中学の体育で見た未経験者たちのぬるいバスケットボールとは、スピード感が全然違う。

全体を把握しようとするとわけがわからなくなりそうだったので、倫の姿を追うことに集中する。

ちょうど味方からのパスを受け取ったところだ。ドリブルで相手をかわして鋭く敵陣に切り込み、ふわっと飛んだ。ボールが手から離れる瞬間、ゴールに入ることを確信したからか、倫が少し笑ったのがわかった。

ゴールが決まり、二階の女の子たちが「キャーッ」と歓声を上げた。

「やっぱり瀬川くんやばいね」

「ほんとやばい」

興奮した口調で言い合う声が聞こえてくる。

この場合の「やばい」は「かっこいい」だろう。いまのは本当にかっこよかったと凛も思う。あの瞬間を、切り取ってスケッチしたいと思った。

「彼女いないって本当なのかな」

「先週告白して玉砕した子が『付き合っているひとがいるからですか?』って聞いたら『そういうわけじゃないけど』って言われたらしいよ」

倫は相変わらず、モテまくっているようだ。

それから凛は、柵にもたれかかってコートのなかで躍動する倫を見つめ続けた。

倫はすごい。試合が終盤になっても、飛ぶようにコートを走り、重力から解き放たれたように飛んでゴールを決めている。凛だったら、コートの端から端まで一度走ったら、もうヘロヘロになってしまうだろう。

仲間たちと笑顔で励まし合い、疲れを見せず走る彼は生き生きとしていて、凛がいままで見てきた倫とは全然違った。

四十分間の試合は、あっという間に終わった。倫たちの快勝だった。倫が何回ゴールを決めるのか凛は数えていたのだが、途中でわからなくなってやめた。

選手たちがまた一列に並び、一礼する。

二階の観客たちは座っていたひとたちも立ち上がり、選手たちに大きな拍手を送った。

拍手が収まったところで、周りのひとの動きに合わせ、ゆっくりと階段を下りる。

開け放された入り口から、体育館のなかを覗く。選手たちは水分を補給したり、タオルで顔を拭いたりしている。顧問の先生らしきひとがなにか言い、部員たちが大きな声で「はい！」と返事をした。

当たり前だが、美術部とは全然雰囲気が違う。

凛の後ろを通り、観客たちが続々と帰っていく。凛も部員たちといる倫の邪魔をする気はないので、そのまま帰ろうとしたが。

「葉山っ」

首からスポーツタオルを下げた倫が、凛に気づいて駆け寄ってきた。

「お疲れ様。大活躍だったね」

健闘をたたえると、倫は満面の笑みを浮かべた。

「来てくれてありがとう。おかげで頑張れた。俺、今日のＭＶＰ」

凛は「すごい」と手を叩いたが、ＭＶＰがなんのことか正直よくわかっていない。

「このまま葉山と冷たいものでも食べに行きたいところだけど、まだミーティングとかあるんだよな」

倫は残念そうだが、凛は試合が終わったからといって、はい解散とはならないだろうと思っていたので特にがっかりもしなかった。

「みんな待ってるんじゃない？　もう行きなよ」

「……また観に来てくれる？」

「うん」

「やった」

そのくらい、お安い御用だ。

倫が嬉しそうだと、凛も嬉しい。

と、そこで。

「リン！　ミーティングやるよってば！」

マネージャーの女の子のいらいらした声が飛んできた。

「わーかったって」

言い返してから、倫は凛と向き直った。

「それじゃ、また。来週は葉山の行きたいとこ行こ」

「うん」

何度も振り返って手を振りながら、倫は仲間たちのところに帰っていった。

4

次の週末には、午前十一時に九段下で待ち合わせをした。

皇居や武道館を囲むお堀に沿ってぐるりと歩き国立の美術館を目指す。気温は三十八度を超えていて、十五分歩いただけで凛は汗だくになった。

せめて堀が綺麗に見えていれば気分だけでも涼しくなれそうなものだが、あいにく水草でいっぱいで、ほとんど水面が見えない。

「おーい、葉山、大丈夫か」

「あんまり大丈夫じゃない」

建物に入る前に、持参した水筒の水をごくごくと飲んだ。それだけで生き返った心地がした。

「いる?」

倫に水筒を差し出す。

「いる」

倫も相当喉が渇いていたらしく、勢いよく水筒をあおる。凛は倫の喉仏が上下するのをなんとなく見ていた。

「ありがとう」

「ん」

すっかり軽くなった水筒を鞄にしまい、館内に入る。

他の美術館から収蔵品を借りてきている企画展は高校生から料金がかかるが、常設展は高校生まで無料だ。ありがたい。

エレベーターで四階まで上がって、目当ての美術品を探す。

企画展じゃないとはいえ、夏休み期間だからか、展示室にはそこそこひとがいた。

「――あった」

倫が黒い彫刻を指さした。

第二展示室のど真ん中に、それはあった。

高村光太郎の『手』。

中学三年のとき、凛が倫に同じポーズをとってもらって、デッサンした思い出の彫刻だ。

「本物はけっこう大きいな。俺の手の倍とまでは言わないけど」

倫が彫刻の横に左手を構え、同じポーズをとる。中学のときは、指がつりそうだと大騒ぎしていたのに、複雑なポーズをほぼ一発で再現した。

「うまいね」

「練習したからな」

凛は彫刻と倫の周りをゆっくりと一周した。教科書に載っていた写真とは違い、三百六十度どこからでも観られるのがいい。

こうして観ると、どちらも男の手だが、彫刻の方が関節が目立ち筋張っていて大人の手という感じだ。

「俺、あのときのデッサン、大事に取ってあるよ」

「……うん」

凛も、あのとき倫が画用紙の端を破って書いてくれたSNSのIDを大事に取ってある。母親に見つからないよう、普段はピンク色のパンダを寝かせている籠のなかに入れてある。

「この彫刻って不思議だよな。こんなにキツくて緊張感のあるポーズなのに、観ている分には妙に落ち着くっていうか」

「この『手』は、高村光太郎自身の手がモデルなんだけど、参考にしたのは仏像の手らしいよ」

「なるほど。だからか」

写真撮影可だったので、凛は彫刻の手と倫の手を一枚記念に撮った。

母にスマートフォンをチェックされても言い訳がたつように、倫の顔は入れなかった。

それから一時間半ほどかけてゆっくりと展示された作品を鑑賞して、美術館を出た。

外はまだカンカン照りだ。

「お昼ご飯どうしよう」

「こんな暑い日は、カレー。カレー一択」

「カレーか……」

暑い日に、熱々のカレー。まあ、冷たい蕎麦なんかより元気は出そうだ。

「なんでカレーは夏でもオッケーな感じなのに、シチューって冬のものってイメージなんだろうな」

「ルーのメーカーが冬しかCMしないからじゃないの。知らないけど」

どうでもいいことを話しながら、十五分ほどかけて神保町まで歩く。神保町は古本屋街としてよく知られているが、カレーの街でもある。

そこかしこにあるカレー屋のなかから、倫が好きだという老舗に行くことにした。昼時を少し過ぎているが、さすがに人気店。二階にある店舗に続く階段にずらりと列ができていた。

壁に沿って、ふたりで並ぶ。

一時間は待つかなと凛は覚悟していたけれど、回転はよく、三十分ほどで店内に案内された。

　水と一緒に、ふかしたジャガイモがまるまる一個出てきて驚く。添えられていたバターをつけて食べるととても美味しかった。

「今日は付き合ってくれてありがとう」

「いや。楽しかったよ」

　倫に芸術鑑賞の趣味があるのかはわからないが、思いのほか熱心に見て回っていた。

「……瀬川、しょっちゅう美術室に来て、私が絵を描いてるの見てたよなあとか、思い出してた」

「俺、放課後に美術室で葉山といるの好きだったな。すごい落ち着くっていうか」

　美術室で凛の隣に座っていたとき、倫はいつもとても静かで、この前バスケットボールの試合で見せたような生き生きした彼とはまるで別人だった。

　どっちが本当の倫なのだろう。

　たぶん、どっちも本当の姿なのだろう。

「家がそんなに居心地いいところじゃなかったから、早く帰りたくなくて美術室に行ってたところもある」

「そうなの？」

「うち再婚家庭で、兄貴と俺は母親が違うんだ。母親は兄貴に気を使っていつもビクビクしてたし、兄貴とは年が離れているのもあって全然気が合わないし」

倫の家庭事情は初耳だった。

お互いのきょうだいが結婚する予定だったのだから、たぶん親はその辺りの事情を聞いていたのだろうが。

そんなことを話している間に、ふたりの前に注文した中辛のビーフカレーが置かれた。ライスとカレーが分かれていて、自分でかけて食べるスタイルだ。

それじゃあさっそく、という感じで、倫がテーブルに並んでいる薬味のなかからラッキョウを手に取り、ライスに豪快にかけていく。

「えっ」

「ん？」

「信じられない……」

そう言いながら凛はレーズンを大きなスプーンで二回ライスにかけた。

「いや、レーズンはないだろう、レーズンは」

甘味処に行ったときも思ったが、絶妙に気が合わない。

お互いに文句をつけ合ったライスにカレーをかけて、口に運ぶ。大ぶりな牛肉が、口のなかでほろほろと崩れた。

「ん……美味しい」

「だろ？」

レーズンはないと思うけど、と倫はまだ言っている。

お腹が空いていたのもあって、半分くらいまでふたりして夢中で食べた。

「——来週は、どこに行こうか」

さも出かけるのが当然という感じで、倫が尋ねてきた。

「え」

先週の試合を見に行ったのと、今日美術館に来たところまではまだセットで考えられたのだが、毎週ふたりで出かけるとなると、まるで付き合っているみたいだ。

「ほんとは夏休みなんだし、平日に遊べればもっとどこでも空いてるんだろうけどな。部活休めないから」

部活、というワードで、凜は思い切り睨んできたマネージャーの女の子のことを思い出した。

「貴重な休みの日を私と遊ぶのに使っちゃっていいの？」

「貴重な休みだから、葉山と遊びたいんじゃないか」

そうなんだ、とドギマギしてしまう。どういう顔をすればいいのかわからない。

「……瀬川はさ、モテモテだよね」

「そう？」

「バスケの試合に行ったとき、周りの女の子たちみんな瀬川を見てたよ」

「バスケやってる姿がかっこいいと思ってもらえるのは、まあ嬉しいよ」

「高校入ってから、彼女作らなかったの？　告白されたりしてそうなのに」

「告白は何度かされたよ。だけど、ほとんど知らない子に『付き合って』って言われても、正直困る。あと高校入ってわりとすぐの頃告白されて振ったら、翌日にはクラス中の人間に知られてて。女子たちからは『あの子泣いてたよ』とか責められるし、女の子っていう群れがなんか怖くなった」

「ああ……」

凛は告白したこともされたこともないが、誰かが誰かに告白したという情報がクラス全体に広まっていく速さがものすごいことは、よくわかる。

「葉山はあんまり群れないよな。上野で再会したときもひとりだったし」

「友達少ないからね」

その少ない友達と日時を話し合って決めるのも面倒で、たいていのところへはひとりで行ってしまう。

「そういや聞いてなかったけど、付き合ってるやつはいないの？」

「ずっといないよ」

「なんで」

「なんでって、私は瀬川と違って普通にモテないから」

そう答えると、倫はパアッと表情を明るくした。

「周りの見る目がなくて安心した」

「え？」

「なあ、来週も再来週も俺とどっか行こう」

けっこう辛めのカレーを食べているはずなのに、倫の顔はまるで甘いケーキでも食べているかのようにとろけている。

言われた言葉の意味がじわじわと凛の胸に染み込んできた。

「バスケの試合もまた観に来てほしい」

「……いいよ」

「やった」

顔の前で小さくガッツポーズして、倫が笑う。凛は胸がくすぐったくなり、残りのカレーを勢いよく食べた。

5

夏休みが明けて、九月になった。残暑は厳しく、まだ長袖の制服を着る気にはなれない。

倫とはほぼ毎日、主に寝る前にSNSでたわいのないやり取りを続けている。まるで中学の卒業間際のときみたいだ。

夏休みの間は土日がバスケ部の休みだった倫だが、学校がはじまると水曜と日曜が部活の休みとなった。

水曜は、凛の美術部も休みだ。

だからか、倫は凛の学校の正門まで毎週迎えに来るようになった。

「凛、今日も『水曜日の君』が来てるよ」

「その言い方やめて」

窓の外を見た美術部員仲間にからかわれて、赤面してしまう。

鞄に教科書やノートを急いで詰め、教室を出る。

「正門に、すっごいかっこいいひと来てたね」

「誰かの彼氏かな。羨ましい」

下級生たちの興奮した声を聞きながら、靴を履き替えて正門前へと走る。

「お、お待たせ」

息を切らせているのがおかしかったのか、倫が笑う。

「そんなに急がなくてよかったのに」

「だって瀬川が待ってるから」

「待ってるのも楽しいよ」

たぶん倫は本当にそう思っているのだろうが、凛が待たせたくないのだ。凛はこの学校で、地味に平和に暮らしている。あまり多くのひとに倫を見られて、噂されたくない。もう遅いかもしれないが。

「行こう」

「うん」

凛が歩き出すと、倫がついてきた。

水曜日のデートは、お互い夕飯までに家に帰らなくてはいけないから、時間が短い。たいていは、ファストフード店でポテトを食べながらお喋りしたり、歩きながらかき氷を食べたりして終わる。

少しでも長く一緒にいたいのはやまやまだが、万が一にも母親に倫といるところを見られるわけにはいかないので、家まで送ってもらうことはできない。

倫とはすごく気が合うというわけでもないのに、不思議と話すネタに詰まることは少なく、また沈黙になっても気まずくならない。

お互いの学校でのできごとを話したり、家の愚痴を言ったりしているうちに、すぐ帰る時間になる。

週末は映画や水族館に行くこともあれば、倫の試合を観に行くこともあった。

夏の大会が終わり三年生が引退すると、倫は男子バスケットボール部の部長になった。

凛も秋の文化祭が終わると美術部の部長になった。

お互い忙しくなったけれど、その忙しい合間を縫うようにして逢瀬を重ねた。会えない時間が増えるとそれだけ会えたときの喜びが増し、ふたりの仲は深まった。

それでもお互いの家には行けないので、密室でふたりきりになることは難しく、手を繫ぐのがせいぜいのかわいらしい付き合い方だった。


そんなある日。

凛のスマートフォンに妙なメッセージが入った。

差出人のアカウントは倫だが、部活があるはずの金曜日にお互いの学校の中間地点にあるカフェに来るよう書かれている。

文面も普段より事務的で妙だなと思ったけれど、行けないことはなかったので部活を休んで指定された店に向かう。

チェーン店のカフェは七割ほどの客入りだった。カウンターでオレンジジュースを買い、きょろきょろと店内を見回すが、倫の姿はない。まだ来てないのかな、と思いかけたところで知った顔を見つけ、なるほどと納得する。

倫の試合を観に行くたびに睨みつけてくる男子バスケットボール部のマネージャーが、

窓際に座り、冷たい目で凛を見ていた。

ここまで来ておいて、逃げるわけにはいかない。

凛は通学鞄の持ち手をぎゅっと握り締めて、マネージャーのもとへ向かった。

「……お待たせしました」

向かい合わせに座り、まっすぐに視線を受け止める。

「葉山凛です」

たぶん知ってるんだろうけどと思いながら自己紹介すると、馬鹿にしたような顔をされた。

「リンだと思って、ほいほい来ちゃって」

「ちょっと変だな、とは思いましたよ」

「それでも来るんだ」

「誰かが私に話があるのはたしかだと思ったから。お名前くらい聞かせてもらっていいです?」

「……中井《なかい》美和《みわ》。二年。男バスのマネージャー」

ふてくされたような言い方だった。

美和も来たばかりなのか、アイスコーヒーらしき飲み物はほとんど減っていない。

「試合でいつもお顔見てます」

「どうせ、マネージャーなんて男目当てでやってるとでも思ってるんでしょ」

「それはどうでもいいですけど、ひとのスマホを勝手にいじるのはどうかと思いますよ」

凛は一歩も引かない。

部活が文化系なのと顔が地味なのとでおとなしいと思われがちだが、べつに気は小さくないのだ。

「リンから私の話は聞いてる?」

「いいえ、まったく」

まったくを強調すると、美和は露骨にイラついた顔をした。

「私はリンの幼馴染なの。父親同士が親友で、リンとはまだ歩けない頃からよく一緒に遊んでた」

「……そうなんですか」

凛の知らない倫の姿をたくさん見てきたんだろうと思うと羨ましい気持ちになるが、顔には出さない。

「リンだけじゃない。瀬川のおじさんもおばさんも、お兄さんのこともよく知ってる」

凛は倫の家族とは、両家顔合わせと姉の結婚式のとき、合わせて二度会っただけだ。

だからなんだというのか。美和の言いたいことがまだわからない。

「あんた、自分がリンに気軽に会える立場だと思ってるの?」

「え？」

「私はあんたのお姉さんがリンのお兄さんとの結婚式から逃げたあとの瀬川家を見てた。おじさんとおばさんは喧嘩が増えて、おばさんは泣いてばかりいた。お兄さんは女性不信になってお酒に溺れるようになった」

父親と母親に喧嘩が増えたのは凛の家も同じだ。ただ、悪いのは百パーセント姉が逃げた葉山家側だが。

「お兄さんはいまも、会社に行ったり行かなかったりしてる。おじさんはそろそろお兄さんを見捨てかかっていて、リンを跡継ぎにしたいみたい。そのとき、あんたはリンの隣になんて絶対にいられないでしょ。葉山家の娘なんてろくな育ち方してないって、もうバレてるんだから」

姉と自分は違う。

たしかに同じ環境で育ったかもしれないが、生まれ持った性格というものがある。

しかし、倫の両親が凛を受け入れられるかというと、厳しいだろうなというのはわかる。

それでも凛は俯かなかった。存在を忘れかけていたオレンジジュースをひと口飲んで、きっぱり言う。

「そんな先のこと考えられない」

「は？」

「私たちまだ高校生だよ？　会社がどうとか言われても」

美和の眉が吊り上がった。

「そんないい加減な付き合い方してるわけ？」

「いまを大事にすることのなにがいけないの」

凛は美和と真正面から睨み合った。目を逸らしたら負けだと思った。だいたい、倫の家族に言われるならともかく、たとえ幼馴染とはいえ他人にふたりの付き合いをどうこう言われる筋合いはない。

気圧されたように先に目を逸らしたのは、美和だった。

「……絶対後悔するよ」

「かもしれないですけど、なにかあったらそのとき考えます」

「あっそ」

ほとんど手つかずのアイスコーヒーのグラスを下げて、美和は足早にカフェを出て行った。

6

迷ったけれど、美和に会ったことを倫には言わなかった。

倫のスマートフォンを勝手にいじったことを凛に知られている以上、また同じことはしないだろうと思ったし、告げ口するみたいで抵抗があった。

おそらく美和は、倫のことが好きだ。そういう意味では凛と美和は同志だから、情けをかけたとも言える。

倫とは再会してしばらくは週に一度程度会っていたのだが、だんだんと歯止めがきかなくなり、秋が深まったいまではほぼ欠かさず週に二度会っている。

倫は部活の休みを二日とも凛についやしている。ということは、夏休みに上野でバッタリ会ったときのようにバスケ部員や美和と出かける機会はほぼないということだ。

あちらの人間関係をおろそかにするのはあまりよくないことのように思えたが、口には出せなかった。

凛も倫に会いたかったからだ。

美和に将来がどうこう言われたことで、いまみたいに過ごせるのは学生のうちだけだと思い知らされたというのもある。

その先の将来のことまでは、まだなにも考えられない。いまだけでも一緒にいたい。

十一月に入り、最初の週末は凛の誕生日だった。

普段のデートは学生らしくすべて割り勘だが、この日ばかりは倫が喫茶店で美味しいシヨートケーキを奢ってくれて、凛は幸せだった。

「来年も一緒にお祝いしような」

「……うん」

屈託なく笑う倫に、一拍おいて頷く。

来年。

来年のふたりはどうしているのだろう。部活は引退していて、受験勉強に励みつつ、いまみたいに頻繁に会っているのだろうか。

たった一年後のことが、すごく遠く思えた。

「――凛?」

「あ、うん、なに?」

ふたりは名前で呼び合うようになっていた。

「どうした、ボーっとして」

「倫のケーキも美味しそうだなと思って」

「ひと口食べるか?」

「うん」

アップルパイをあーんで食べさせてもらう。シナモンが効いていて美味しかった。

「美味しい」

「それはよかった。それでさ、プレゼントなんだけど、買おうとしたらサイズがわからなくて。このあと、一緒に買いにいこう」

「サイズ？　服？」

「ではないかな」

そうなると、一番に考えつくのは指輪だ。

「あんまり高いものはやめてよ。お返しできないし」

「そんなでもないから大丈夫」

喫茶店を出て、街を歩く。下見をしたからだろうが、倫の歩き方に迷いはない。

しばらく進んだところにあるファッションビルに入る。休日だけあってそれなりに混んでいる。三階の一角にある店がお目当てだったらしく、倫の足が止まった。それは凛も名前を聞いたことがある、高校生や大学生に人気のブランドの店だった。

「いらっしゃいませ」

三人いる店員のうち、手の空いていたひとりが笑みを浮かべて声をかけてきた。

「なにかお探しですか」

「ピンキーリングを見せてもらえますか」

「こちらへどうぞ」

店のなかに招き入れられ、ショーケースのひとつを指し示される。

「この辺りがピンキーリングですね」

「わあ、かわいい」

思わず声が出た。

小指用の指輪だから、普通の指輪より径が小さく、華奢なデザインが多い。そんなに背伸びしたブランドではないから、もちろん高いものもあるが、お手頃な価格のものもある。

どれもキラキラしていて、目移りしてしまう。

そのなかでも、ひときわ細いピンクゴールドのピンキーリングが凛の目を引いた。

「これ、かわいい……」

「つけさせてもらっていいですか?」

倫が店員に尋ねた。

「もちろんです」

店員がニコリと笑ってショーケースからリングを取り出す。

「どうぞ」とリングピローに置かれたものを倫が手に取り、凛の左手の小指にはめてくれる。凛のひとより短い小指に、細いリングはよく似合った。

「どうかな」

「かわいい」

倫がとろけそうな顔で笑う。

凛は値札を見た。高校生同士のプレゼントとして、安くはないが高すぎるということもない値段だ。

「サイズはいかがですか」

「あ、ちょうどいいみたいです」

「じゃ、これください」

倫は即決した。

「そのままつけていかれますか？」

凛は倫と一瞬見つめ合って、「はい」と頷いた。

会計をすると、店員はリングケースを小さな紙袋に入れて渡してくれた。

店を出てからも、凛は嬉しくて自分の左手をずっと見ていた。

凛の学校は倫の学校と違って校則が厳しいし、休日にもアクセサリーをつける習慣がないから、凛にとってはこれが初めての指輪だ。

「気に入った？」

倫が空いている右手を繋いでくる。

「うん。大事にするね、ありがとう」

本当に嬉しくて心からのお礼を言うと、倫が立ち止まっていきなりしゃがみ込んだ。真後ろを歩いていたひとが、ぎょっとしたような顔でふたりを追い越していく。

「倫？」

「あーーーーー」

低い声で倫が地面に向かって呻く。

「ど、どうしたの」

「……めちゃくちゃキスしたい」

「えっ……」

凛は顔が熱くなった。

とっさに周囲を見る。週末の繁華街はそれなりの人出だ。様子のおかしい倫をチラチラ見ていくひともいる。

当然だが、こんなところでキスなどできない。

倫と初めてキスをした中学の頃を思い出す。あのときは同じ学校だったから、ふたりきりになれるタイミングが摑みやすかった。

いまは難しい。バスケの試合を観に行くことはあるけれど、凛は違う学校の生徒だからそのあと校舎のなかをうろうろすることはできない。お互いの家には行けないからデートは必然的に外になるし、カラオケボックスなどには防犯カメラがついているはずだ。

というわけで、高二の夏に再会して以来、ふたりは手を繋ぐ程度の触れ合いしかしていなかった。

「凛はしたくない？」

倫がしゃがんだまま、上目遣いでこっちを見てくる。

「……したくない、ことはない、よ」

恥ずかしくて小声になった。

「でも、難しいよね」

「そうなんだよ……うちの母親が家を空けることってほとんどないし」

「うちも」

どちらの家庭も母親は専業主婦なので、だいたい家にいる。もちろん買い物や友人との食事などに出かけることはあるが、いつ帰ってくるかわからず、とてもお互いを家に招くことはできない。

「もっといちゃいちゃしてぇなあ……」

「いちゃいちゃって」

笑いを込めて言ってしまったが、倫の気持ちはよくわかる。

ふたりとも、手を繋ぐだけでは我慢しきれない段階まできてしまっているのはたしかだった。

「両親そろって泊まりで出かける日が来るといいね」

そう言いながら、まだしゃがんでいる倫にピンキーリングをした手を差し出す。その手をぎゅっと握って、倫は立ち上がった。

「ふたりで温泉でも行ってくれればいいんだけど。難しいだろうなあ、兄貴の件があってから、うちの親、そんな仲良くないし」

「うちもだよ」

それでも姉が帰ってきたおかげか、喧嘩は減った。

「できないとなると、ますますしたくなるな」

物欲しげな表情をされ、思わず顔をそむける。こんなところで見つめ合っていたら、公共の場だというのにキスされかねない。そして一度されてしまったら、拒む自信がなかった。

「なんだよ、せめて顔を見せてくれよ」

「減るからだめ」

なにが!?　と騒ぐ倫の手を引いて、凛は人ごみのなかを大股で歩いた。

7

翌週の木曜、母から突然告げられた言葉に、凛は自分の耳を疑った。

「土曜から月曜まで、お父さんとお母さんとお姉ちゃんと、泊まりで出かけるからね」

「えっ？」

夕飯のおかずのから揚げを挟もうとした箸が止まる。

「言ってなかったっけ」

「聞いてないよ。どうして？　どこ行くの？」

「北海道の伯父さんの法事。あんたは月曜学校あるし、来なくていいよ」

「あ、うん」

二泊三日で、三人が家を不在にする。

ということは。

真っ先に考えたのは、倫のことだ。行先が北海道だと、なにか予定に変更があってもそうそう帰っては来られないはずだ。倫を家に招き入れても、家族に知られることはまずない。

心臓がドキドキしてきたのを悟られないよう、必死になって冷静な表情を作る。

「凜ももう高校生なんだから、自分のご飯くらいどうにかなるでしょう。一応お金は置いていくけど」

「うん」

この間倫にピンキーリングを買ってもらった日のことを思い出す。

あのときは、ふたりしてキスがしたくて頭がどうにかなりそうだった。

倫を家に呼んだら、確実にキスすることになるだろう。

――もしかしたら、その先も。

母が親戚の話をしている。母の話は、だいたいいつも長くて愚痴っぽくつまらない。凛は半分上の空でそれを聞いていたが、怒られない程度に相槌を打ちながらずっと倫のことを考えていた。

日曜日は倫の部活が休みだ。一日中一緒にいられる。いままでの日曜は外で会ってばかりいたが、この家に来てくれれば思う存分ゆっくりできる。

「凛、聞いてるの」

「聞いてる、聞いてる。ほんと伯母さんは大変だね」

「そうなの。だから私が前日から行ってしっかり手伝ってやらないと」

二泊三日でびっちり張り付かれたら伯母の気が休まらないのではないか、とは言えない。

「そんなわけだから、あんたも自分の世話くらいは自分でしてちょうだいね」

「はーい」

わくわくした声になってしまわないよう、細心の注意を払って返事した。

入浴を済ませ、ベッドに飛び込んでから、さっそく倫に週末の相談をする。

凛のメッセージにはすぐさま既読の印がつき、続いてリアルなパンダが「まじか！」と驚いているスタンプが押された。

『じゃあ土曜の部活のあと、そのまままっすぐ凛のうち行ってもいい？』

お泊まりか。

凛の心臓が跳ねた。

そこまで考えていなかったが、親と姉が二泊でいないということはそういうこともできるのだ。北海道へ行くのは法事のためだし、気が変わってやっぱり帰ってくる、なんていう可能性はないだろう。

『いいよ』

短く返信をして、凛はベッドの上で枕を抱いてゴロゴロ転げ回った。恥ずかしくてじっとしていられない。

『楽しみにしてる』

返信のきたスマートフォンを抱き締めて、目をつぶった。まぶたの裏に、懐かしい美術室の光景が浮かぶ。あの頃は、部活が休みの日なら簡単にふたりきりになれた。

卒業直前の中学校。グラウンドから聞こえてくる下級生たちの部活の音。斜めに日の差す美術室。初めて倫と唇を重ねた感触。

最後にふたりきりになったのは、親に倫とメッセージをやり取りしているのがバレてスマートフォンを取り上げられた次の日、卒業式の前日だった。倫の手のデッサンをしてそれを渡し、さよならした。

あのときの身を切られるような痛みを思うと、いまの幸せが夢のようだ。

(早く土曜にならないかな)

まぶたを開くと、勉強机に置いてあるピンク色のパンダと目が合った。

倫も連れてくるだろうか。


じりじりと金曜日が過ぎ、やっと土曜になった。

昼前に出かけていった両親と姉を見送ってから、凛は主に自分の部屋を念入りに掃除した。それから夕飯に出すカレーをたくさん作った。もっと凝ったものを作ろうかと少し迷ったのだが、いつもはしないような行動をして、少しでも親におかしいと思われては困る。野菜が足りないかと思い、サラダはつけることにした。

倫からは、午後五時ごろこれから向かうという連絡がきた。

それからの三十分、凛はインターホンの前から離れられず、熊みたいにその辺りをうろうろしていた。

ピンポーンとインターホンが鳴り、玄関へ飛んでいく。

扉を開けると、ジャージ姿の倫が満面の笑みを浮かべて立っていた。凛もつられて笑顔になる。

「入って。部活、お疲れ様」

「お邪魔します」

運動靴をきちんと揃えて廊下に上がってくる。

「すごいいい匂いする」

「今晩はカレーだよ」

「やった」

リビングダイニングへの扉を開くと、カレーの匂いがいっそう強くなった。

まだ六時前だが、倫がお腹が空いたというのでカレーを温めだす。ご飯はちょうど炊けたところだ。

冷蔵庫で冷やしておいたサラダを出して、カレーを盛り付け、ふたりで向かい合って座る。

「いただきます」

「はい、どうぞ」

カレーを失敗するなんてことはまずないのに、なんだか緊張してしまう。

「んっ、うまい！」

「よかった」

ルーの箱の裏に書かれていた作り方そのままのカレーを、倫は美味しい美味しいと絶賛して、結局三回お代わりした。

「おうちにはなんて言ってきたの？」

「バスケの合宿。たまにあるから、疑われなかったよ。大丈夫」

「そっか」

『……絶対後悔するよ』

呼び出されたカフェで聞いた美和の声が一瞬聞こえた気がしたが、無視した。

倫が大丈夫だと言うのだから、信じよう。

食事が終わると、倫はごく自然に皿を下げ、後片付けの手伝いに立った。

凛が洗剤のついたスポンジで洗った皿やスプーンを、倫が布巾で拭いていく。まるで同棲でもしているみたいで、くすぐったい気分になる。

「なんかいいよな、こういうのって」

倫も同じような気分になったらしい。

でも、ふたりには同棲するような未来は来ない。

『おじさんはそろそろお兄さんを見捨てかかっていて、リンを跡継ぎにしたいみたい。そのとき、あんたはリンの隣になんて絶対にいられないでしょ』

頭のなかで、また美和が嫌なことを言う。

先のことは考えすぎないようにしようと思っているのに。

「どうした?」

凛の手が止まったからか、倫が尋ねてきた。

「ううん、なんでもない」

自分たちは、まだ高校生だ。将来どうなるにせよ、いまこの時間を大切にしたい。

後片付けを終え、お風呂を沸かして倫から順番に入った。

凛が上がったところで、母親から電話が入って、一瞬ビクッとしてしまった。

急いでスマートフォンを持ち、通話ボタンを押す。

「もしもし……うん、カレー作って食べた。そっちはどう?」

なにげないふうを装って母と会話している間、倫はひとつの物音も立てまいとしているみたいに、ソファに座り微動だにしなかった。

「うん……うん、それは伯母さん大変だったね」

母の話は、長くて愚痴っぽい。それをめんどくさいという空気を出さず、辛抱強く聞いて、三十分ほどで切り上げた。

「終わった?」

「終わった。ごめんね」

「いや、全然。スリルを味わえてドキドキした」

持ってきたスウェットに着替えた倫が、いたずらっぽく笑う。

「これで今日はもう電話来ないと思うから、あとは私の部屋でのんびりしよう」

廊下に出て、二階に上がってすぐ右側が凛の部屋だ。

「待って、緊張してきた」

倫は部屋の前で立ち止まった。

「え？」

「女の子の部屋に入るの初めてなんだ」

「そうなんだ。バスケ部の子の家とか遊びに行かなかったの？」

「行かないなあ、家までは。何人かのグループで、外に遊びに行くことはけっこうあったけど」

夏休みに上野でバッタリ会ったときのことを思い出す。あんなふうに出かけていたのだろう。

凛がドアを開けて先に部屋に入り、電気をつける。倫はやけに背筋を伸ばして、後についてきた。

「おー……」

倫の口から感嘆の声が上がる。

「それはどういう『おー』なの」

「凛っぽい。あとなんかいい匂いする。めっちゃ女の子の部屋ーって感じ」

扉が開いてしまえば遠慮が薄れたのか、なかに入ってきて興味深そうにきょろきょろしている。

凛自身は、大きな家具といえばベッドと机くらいしかない、いたってシンプルな六畳間だと思っているが、カーテンや枕カバーの柄など、細かいところを見ると女の子っぽいかなとは思う。いい匂いは、部屋の掃除をしたあとにファブリックミストを軽く吹いておいたからだろう。

「あ、パンダ」

勉強机の上に置いてあるピンク色のパンダを見て、倫が嬉しそうな顔をした。パンダは今日も、籠のなかで布団にくるまり、居心地よさそうにしている。ちなみにピンキーリングもしていないときは、パンダの下に入れてある。

「お前、大事にされてんなあ」

倫はパンダを撫でて目を細めた。

「まあ座っててよ。飲み物持ってくる」

「ありがとう」

倫はベッドを背もたれにして、ラグの上に座った。

いったん部屋を出て、凛は大きく息を吐いた。

倫は女の子の部屋に入るのが初めてだと言っていたが、それを言うなら凛だって男の子を自分の部屋に入れるのは初めてだ。頑張って掃除はしたが、どこか変なところはないか気になってしまう。

風呂上がりに着たお気に入りのもこもこの部屋着兼寝間着は子供っぽすぎただろうか。気にしだしたらきりがない。

時刻は午後十時を過ぎている。いまからコーヒーを飲んでしまっては眠れなくなるかと思い、ハーブティーを入れた。ちょっとつまめるお菓子も小鉢に入れて、お盆を持って部屋に戻る。

倫はテーブルにピンク色のパンダを二匹並べて遊んでいた。

「持ってきたんだ」

「うん。会わせてやろうと思って」

パンダたちはそっくりだが、生まれたときの体重が忠実に再現されているので、どっちがどっちのものかすぐわかる。少し重い方が女の子で、凜のものだ。

テーブルにお盆を置いて、倫の隣に座る。

その直後、肩を引き寄せられ、ぎゅっと抱き締められた。

「あ、お茶……」

「うん」

曖昧な返事をして、凜の首の辺りに顔を埋めてくる。

「あーー……」

その状態で、倫は温泉にでも入ったような声を出した。

「ずっとこうしたかった」

「うん……」

おずおずと凛も倫の背を抱き返す。心臓がドキドキしたが、同時に安心してもいた。倫の体温が気持ちよくて、いつまでもこうしていたくなる。

「好きだよ」

「……うん」

至近距離から見つめられ、凛も見つめ返した。お互いの目の奥で揺れる熱の量はたぶん同じくらいだ。

端整な顔を傾け、倫が唇を寄せてくる。凛はまぶたを閉じてそれを受け止めた。

中三のとき以来の口づけだ。ふわっと柔らかい、少しだけかさついた唇の感触に、胸の奥がジンと痺れた。

お互いの存在を確かめ合うように、何度か唇を押し付け合う。暖房を入れていない部屋は少し寒いくらいなのに、ふたりの体温が上がってくるのがわかった。

「……凛、したい」

掠れた声には切実さが滲んでいた。

「ん……」

なにを求められているのかわからないほど子供ではない。泊まりでくるということは、そういうことをするのだろうと覚悟していた。

「いいよ」

「優しくする」

もう一度キスをして、掛け布団をめくってふたりでベッドに上がる。

そういえばひと口もハーブティーを飲まなかったなと横目でテーブルを見て思う。そういうことを考えていなければ、緊張で頭がおかしくなってしまいそうだった。

「そうだ」

倫がふと思い出したようにベッドから下りると、パンダの寝床のなかからピンクゴールドのピンキーリングを大事そうに持ってすぐに戻ってきた。

「これ、してて」

凛は黙って目の前に跪いた倫に左手を差し出した。

子供みたいな短い小指に、華奢なリングが通されていく。

これで俺のものだと主張しているみたいに、リングの上から唇を当てられる。

凛は倫の長いまつ毛とスッと通った鼻筋を見つめ、これから自分は彼のものになるのだと実感した。

倫がベッドに上がり、凜を優しく押し倒してくる。ふたりは横たわって抱き合ったまましばらくじっとしていた。

「緊張してる？」

「うん」

「俺もしてる」

聞くまでもなく、お互い初めて同士だ。緊張しないわけがない。それでも抱き合って倫の胸の鼓動を感じているうちに、凜は少しずつ落ち着いてきた。

倫の胸に顔を擦り付けると、自分と同じボディシャンプーの匂いがした。無性に嬉しくなって、笑みを浮かべる。

再会してから、ずっとこうして体温を分け合いたかった。

「凜」

名前を呼ばれ顔を上げる。倫の熱を孕んだ瞳が、凜の顔をじっと見ている。

目を閉じると、さっきより深く口づけられた。

「んん……」

背中に回された腕に力がこもる。一瞬怖くなり、ビクッと震えてしまった。小さく歯と歯が当たり、カチンと音がした気がした。

「ごめん、俺余裕なくて」

「私もないよ」

「一緒か」

「一緒だよ」

額をぶつけ合い、小さく笑い合う。

また自然と唇が近づいていき、重なった。唇の隙間からそっと舌を入れられ、口のなかに迎え入れる。

舌と舌が触れ合うと、気持ちがよくてうっとりした。お互い息をするのも忘れて初めてのディープキスに夢中になる。

「んはっ……あんん……」

頭の奥がジンと痺れる。

倫の舌は凛のものより熱くて、あちこち舐められていると溶けてしまいそうだ。唾液が混ざり合ってどちらのものかわからなくなるのを、とてもいやらしく感じた。

「やばい、気持ちいい……」

はあ、と熱のこもった息を吐いて、倫が凛のパジャマのボタンに手を伸ばしてきた。ちゅっちゅとキスを続けながら、一番下まですべてのボタンを外される。ブラはしていないから、寝間着の前を開かれると、胸が丸出しになる。

「で、電気消してっ……」

「わかった」

ほんとはよく見たいけど、と付け足して、倫はテーブルに置いてあったリモコンを手に取り、照明の光量を絞った。真っ暗というほどにはしてもらえなかったが、なにも見えない状態で初心者同士が手探りでことを進めるのは無理だろうから仕方ない。

倫の手が胸元に伸びてきて、そっと乳房を包んできた。

「すごい、柔らかい」

感動したように言って、ふにふにと優しく揉んでくる。買う前のパンや桃を触るような、慎重な手つきだ。

「ん……」

気持ちいいというよりは、どちらかというとくすぐったい。倫の目は好奇心でキラキラしている。凛を感じさせようとしているようには見えない。

「ずるい」

「え?」

倫の手が止まった。

「私だって倫に触りたい」

「俺の胸に触っても……そうだ、こっちにする?」

倫は上に着ていたスウェットを脱いだ。そして凛の右手を摑んで導いたのは、腹筋だった。しっかり筋肉がついていて贅肉のないお腹は、六つに割れている。

「すごい、鍛えてるね」

純粋に感動した。

「かっこいいだろ」

倫が胸を張る。

「自分で言うんだ」

「凛にも言われたい」

「かっこいいよ」

「やった」

倫が嬉しそうに言ってぎゅっと抱き締めてくる。素肌と素肌が触れ合い、同じ温度になる。服をちゃんと着ていたときとは密着感が段違いで、お互いの境界が曖昧になる。

「……めちゃくちゃ気持ちいい」

凛もパジャマを完全に脱がされ、上半身裸になった。

呼吸をも奪うような激しいキスをされ、背中を掻き抱かれる。下腹部に、倫の硬くなったものが当たっているのがわかった。

倫の右手が、凛のパジャマのズボンを下着ごと下ろそうとしてくる。

「あ……」

口づけに夢中になっていた凛は一瞬我に返ったが、倫は止まらない。ずるりと膝の辺りまでパジャマと下着を下ろされ、凛はぎゅっと目をつぶった。弛緩していた体に力が入り、強く膝を擦り合わせてしまう。

「触っていい？」

倫の凛より大きくて硬い手が、むき出しになった太股を撫でてくる。どこに触りたいのかは、言われなくてもわかった。

「……う、うん」

凛は恐る恐る膝の力を抜いた。倫の右手が太股の狭間に入ってくる。

「んっ！」

太股の付け根にある大事なところに指先が触れた瞬間、ビリッと体に電気が走った。割れ目をなぞるように指は動く。

「あっ……！　ま、待って」

「ん？」

「変な声、出ちゃう」

「変じゃないよ」

かわいい、とうっとりした顔をして、倫は右手を動かし続ける。仕方なく凛は目の前にある倫の唇に吸いついた。それで少しは声を抑えられるかと思ったのだが、あそこへの刺激と同時に舌を搦め捕られ、悲鳴じみた声を倫の口のなかにこぼした。

「んっ、んふっ……あんっ」

愛撫されている股間から、くちゅくちゅと恥ずかしい水音が聞こえてくる。もう膝に力は入らない。一番敏感な突起を転がされるたびにビクビクと震えることしかできなかった。あそこをいじられているうちに、息が上がってくる。苦しくて倫の唇を振りほどき、肩で呼吸をして大きく喘いだ。

「んあっ……あ、ああんっ」

自分の口から出ているとは信じられない、甘ったるい響きの喘ぎだ。倫に聞かれるのが恥ずかしくてたまらないのに、我慢できない。

お尻の下が冷たくなり、あそこから溢れ出した蜜液がシーツを濡らしているのがわかる。

「凛、めちゃくちゃかわいいっ……」

右手で割れ目を優しくいじっている倫の顔が下りてきたと思ったら、ちゅっと胸の突起に吸いつかれた。

「あ、ああっ……！」

上下から与えられる刺激にじっとしていられず、凛は背中を突っ張らせて足先でシーツを蹴った。倫に触れられるところすべてが気持ちいい。

自分からも倫になにかした方がいいのかもしれないが、とてもそんな余裕はない。

「んあっ……な、なんか、ごめん……」

「え、なにが?」

倫が凛の胸から顔を上げた。しかし左手は胸に置かれたままで、きゅっと突起をつまんでくるものだからたまらない。

「私、倫にされるばっかりで、ひとりで気持ちよくなっちゃってる……」

「全然いいよ、俺うまくできるか心配でたまらなかったから、凛が感じてくれてすごい嬉しい」

本心を言ってくれているのは、顔を見ればわかった。

凛の方は、もうなにをされても体がビクッと反応してしまう状態で、どれだけ感じているかは隠しようがない。

暖房をいれていないためついさっきまで肌寒かったのに、いまはもう暑いくらいだ。汗ばんだ肌と肌が密着し、一体感が強くなる。

「あ……」

倫が体を起こしたと思ったら、膝の辺りで中途半端に止まっていたパジャマと下着を脚から抜かれた。

全裸になった凛を、倫は美術品でも見ているような瞳で眺めた。

「あ、あんまり見ないで……」

凛は恥ずかしくて、火照った体をくねらせた。

「綺麗だ、すごく」

額に心のこもったキスをされた。

「凛がほしい」

「うん……来て」

両手を差し出すと、一度ぎゅっと抱き締められた。それから倫は自分も裸になって、硬くなっているものにコンドームを被せた。手間取らずできているところをみると、練習してきたのかもしれない。

「あ……」

大きく開いた脚の間に、倫が入ってくる。

たっぷりと蜜液を湛えた入り口に、つるりとした先端が押し当てられた。

いよいよとなると、体が強張る。

「怖い？」

「ちょっと」

「ゆっくりする」

倫は自分のものの根元を持ち、蜜液を先端にまぶすように割れ目を行き来させた。

それからまだ誰も入ったことのない秘苑に狙いを定め、じわりと先を埋め込んできた。

「あっ……！」

痛みは覚悟していたが、実際にやってきたのは、閉じ合わさっていた穴を無理やり広げられる強烈な異物感だった。

逃げたい。しかし倫の必死な顔を見るとそんなことはできず、彼の二の腕に爪を立てて耐える。

「い、いま、どれくらい……？」

「半分くらい」

まだあと半分もあるのか。

重苦しい痛みに体の中心を貫かれ、気が遠くなりかけてきた。肉と肉が擦れ合う生々しい感触にも、心がついていかない。本当に世の中のカップルは、みんなこんなことをしているんだろうか。

「凛、ごめん……つらいよな」

脂汗の浮いた額を、そっと撫でられる。倫の指は少し震えていた。大丈夫だと言ってあげたいけれど、あまり大丈夫でもない。凛は歯を食いしばって初めての苦しみに耐える。

倫は凛の太股を抱え、少しずつ腰を進めてくる。やがて下腹部同士がぶつかる感触がして、倫の動きが止まった。

「は、入った……？」

「うん、全部入った」

よかった。

凛はホッとして大きく息を吐いた。脚を大きく広げた格好は恥ずかしいし、体の中心を貫かれた異物感はひどいけれど、倫とちゃんと体を繋げられたことが嬉しくて、自然と笑みが浮かぶ。

「凛っ……」

倫が上体を倒して凛を抱き締めてきた。

「んっ」

体の奥まで埋められた硬いものの角度が変わり、凛は呻く。その唇を、倫が情熱的に求めてくる。

頭のなかが倫のことでいっぱいになり、凛も夢中になって彼を求めた。

「凛、好きだっ……中学のときから、ずっと好きだった」

「んっ、私も……」

放課後の美術室で稚拙なキスを交わしたのが、つい昨日のようだ。

手を握り合って、お互いの舌を求め合う。思考がとろけ、倫のこと以外なにも考えられない。入れられてすぐのときは痛かったあそこも、馴染んできたのか痺れる程度になってきた。

「……動いて大丈夫そう？」

「うん、ゆっくりね」

もう一度ちゅっとキスを落としてから、倫は上体を起こし、凛の両手をシーツに縫い付けた状態でじわりと腰を使いはじめた。

「あっ……」

よく濡れていても初めての行為でなかは狭く、粘膜の引きつれるような感触がする。

倫の顔を見上げると、彼もぐっと眉を寄せているから、きついのかもしれない。それでもゆっくりと出し入れしているうちに新しい蜜液が溢れてきて、だんだんと滑りがよくなってきた。

「凛っ……すごい、気持ちいい」

凛はまだ快楽といえるほどのものを拾えてはいなかったが、突き入れられるたびに切ないような不思議な感覚がした。それになにより、倫が気持ち良さそうなのが嬉しかった。

凛がもう苦痛を感じていないのがわかったらしく、倫の動きが徐々に大きくなる。

「あっ……んっ、うん、ああっ」

「凛、気持ちいい……？」

倫が奥を突くたびに、凛の口から喘ぎ声が押し出される。

「わ、わかんな……ああっ！」

初めての感覚に戸惑うばかりだったが、きっとこの先には泣きたくなるほどの快楽があるのだろうなという片鱗のようなものは摑みかけていた。

それからしばらくして、倫がつらそうな顔で言った。

「ごめん、俺もう……」

「うん、いいよ」

ごめん、ともう一回言って、倫は凛の左手を取り、ピンキーリングに唇を当てた。それから凛の太股を抱え直し、猛然と腰を叩きつけてきた。

「あっ、あああっ！」

それまでの優しい動きとは全然違う抽送に、凛は喉を反らせて大きな声を上げた。

激しく擦られている部分から湧き上がる熱で、全身から汗が吹き出る。

「ぐっ……」

力強く腰を使っていた倫が、一番深いところまで自分のものを入れた状態でうめき声を上げた。凛は自分のなかでコンドーム越しに硬いものが脈打っているのをたしかに感じた。

「はあ……あぁ……」

肩で息をしながら、倫が凛の隣にドサッと身を投げた。その拍子に肉棒が抜け、凛もホッと息をついた。

「凛、大丈夫……？」

「うん」

凛は汗まみれになった倫の体に寄り添った。

体を繋げたからか、いままでよりずっと倫を近くに感じる。幸せだった。

呼吸が落ち着いてから、交互に軽くシャワーを浴びて、またベッドに戻る。心地よい疲れが体に残っていて、倫にくっついていると眠たくなってきた。

「凛」

「……ん」

「ありがとう、気持ち良かった」

「私も」

大きく開きっぱなしだった脚も、異物を受け入れていたあそこも、まだなんだか変な感じがする。体というより、心が気持ち良かった。

小さくあくびをすると、頰に優しく口づけられた。

「おやすみ」

「……おやすみ」

ピンキーリングをはめた手を繋ぎ、満たされた気分で眠った。


——ガチャッ。

遠くで、何度も聞いたことのある音がした。

ぐっすりと眠っていた凛の意識がゆっくりと覚醒していく。

「……ん？」

目の前にはスウェットを着た倫の寝顔があった。

そうだ、昨日は倫が泊まっていって、初めて体を繋げて——と甘酸っぱい気分でうつらうつらしていたが。

「ちょっと！　凛っ！」

激しいノックの音と、姉の愛華の慌てたような声で、一気に目が覚めた。

「えっ、お姉ちゃんっ⁉」

帰ってくるのは明日ではなかったか。凛は飛び起きて倫の体を揺すった。

「んん……？　おはよう……」

「おはよう、って、そんなこと言ってる場合じゃなくて！」

どうしよう、どうしようと頭のなかがパニックになっている間に、バンッと部屋の扉が開かれた。

「——倫くん」

部屋と廊下の境界線上で、愛華が目を丸くして固まっている。

「あ……と、ご無沙汰してます」

ようやく事の次第を把握した倫が、ベッドから下りて正座をし、頭を下げた。

「お、お姉ちゃん、明日帰ってくるんじゃなかったの？　お父さんとお母さんは？」

「私だけ、朝一番の飛行機で帰ってきちゃった。二年前の結婚式のことで、まだ親戚からああだこうだ言われたから、嫌になっちゃって」

「そうなんだ」

「で？　凛と倫くんは？　……うちに泊まってたってことはそういうことなの？」

「うん……まあ、そう……」

「はあああぁ……」

愛華が額に手をやって天井を仰いだ。

「まだ高校生だっていうのに親がいない隙に彼氏を家に連れ込むだけでもヤバいのに、よりによって相手が倫くんだなんて」

「お願いお姉ちゃん、お父さんとお母さんには言わないで」

凛は姉に向かって必死で手を合わせた。

「絶対言わない。っていうか、言えるわけないでしょ」

それはそうだろう。

「あんたに常識なんて説かれたくないと思うかもしれないけど、一応年長者として言っておくね。あなたたちは迂闊すぎる」

「……はい」

「まず靴。男物の靴を玄関に置きっぱなしにするなんて、論外だよ。一発でアウトでしょ。それから、これは私のせいだけど……お互い相手が悪すぎる。倫くんはもううちには来ない方がいいし、凛も倫くんの家には行かない方がいい」

「……わかった」

倫は凛の隣で神妙な顔をしている。

「自分たちはなにも悪いことしてないのにって思うかもしれないけど、両家の関係が悪すぎるからさ。ごめんね」


お邪魔しましたと何度も頭を下げ、倫は帰っていった。

「お姉ちゃん、カレーあるけど食べる?」

「食べる」

昨晩作ったカレーを温めて、愛華と向かい合って食べる。

昨日倫と食べたときに感じていた、ままごとみたいな同棲気分は、すでにどこかへ吹き飛んだ。

「……凛と倫くんがそういう関係になるのって、正直意外。中学は一緒だったけど、全然タイプが違うじゃない。倫くん、思いっきり体育会系っぽいし」

「うん、まあ……いろいろあって」

どうして付き合いだしたのかなんて、凛にもはっきりわからない。

放課後の美術室。

考える人のポーズ。

ピンク色のパンダ。

気が付いたら惹かれ合っていた。

「いつからなの？」

「いまみたいな関係になったのは、今年の夏頃」

「わりと最近だ」

「お姉ちゃんも反対する？」

「しないよ。でもこれからは、外で会いなね」

「……うん」

そうするしかないのはわかる。倫に会えるのなら、どこでだって楽しい。ただ、倫の体温を知ってしまったからこそ、キスひとつまともにできない環境はもどかしく、切ない。

「……ごめんね。私のせいで、自由に会えなくて」

「ううん。お姉ちゃんが結婚式から脱走してなかったら、そもそも倫とは付き合ってなかったよ」

同じクラスだったとはいえ、倫とは特別親しくなかった。まともに話すようになったのは、あの修羅場の親族控室からだ。

「あのあと、大変だったんだろうねえ」

愛華は申し訳なさそうに言ったが、凛は首を横に振った。

「私はべつに。お父さんとお母さんは大変だっただろうけど。あと倫は、おもしろがって笑ってた」

「理さんは、他人事みたいにちょっとボーっとしてなかった？」

「してたしてた」

やっぱり、という感じで愛華が苦笑する。

「温厚で優しいひとだと思って好きになったんだけど、結婚直前になって、『このひともしかしてなにも考えてないだけなんじゃゃ？』って思っちゃったんだよねえ」

「ああ……」

激高する両親の後ろで、なにも言わず突っ立っていた元新郎の姿を思い出す。

たしかにあれはちょっと、頼りなげに見えた。

でも、だ。

「そういうことは、もっと早い段階で気づくべきなんじゃないかな」

「はーい。反省してまーす」

姉の反省も、なんだか軽いんだよなと凛は心のなかで呟いた。

8

それから一週間は、平穏な日々が続いた。

倫とは外で一度デートしたが、手を繋いで歩くだけでも十分に幸せを感じた。

しかし、土曜の夕飯時にかかってきた一本の電話が、凛の日常を粉々にした。

「――え、瀬川さんですか。ご無沙汰しております」

家の電話の受話器を手に、母が戸惑った顔をする。

父と愛華と凛の食事をしている手も止まる。

愛華の一件が片付いてからは、当然だが向こうから連絡をしてくることなどなかった。

「え？　バスケの合宿？　それとうちに、なんの関係が――」

凛は思わず箸を握り締めた。手のなかで、ミシリと嫌な音が立つ。

無駄かとは思いつつ、ポーカーフェイスを貫こうとしたが、手が震えてしまって台無しだった。

愛華が心配そうにこちらを見ている。

「……少々お待ちください」

受話器を手で塞いで、母がこちらを見た。

「瀬川さん、なんだって?」

父が母に尋ねる。

「それが、向こうの奥さんがすっかり興奮しちゃってよくわからないのよね……理さんの弟の倫くんが、先週土曜の夕方から日曜までバスケの合宿があるって言って泊まりで出かけてたんだけど、それが嘘だったとかなんとか……」

「それがうちに、なんの関係があるんだ?」

父は苛立ちを隠せずにいる。

母から受話器を奪うようにして、電話を替わった。

「もしもし? いったいなんの話ですか。倫くんが無断で外泊したというなら、お宅の躾の話ですよね? うちになんの関係が……え? 写真?」

そこで、父がリビングに置いてあったスマートフォンを持ってきた。少ししてそれが震え、父が画面を操作する。

「えっ?」

信じられない、という顔をして、凛を見てくる。

「凛……これはどういうことだ?」

凛の顔の前に突きつけられた画面には、一枚の写真が表示されていた。

この家の玄関扉を開き、笑みを浮かべた凜と、いかにも部活帰りという格好の倫の後ろ姿。父が指を滑らせると写真がもう一枚表示され、そちらの方には倫の横顔がハッキリ写っていた。

言い訳などできなかった。凜は無言で目を閉じた。

それから電話ではらちが明かないということで、向こうの両親が直接こちらの家にやってくることになった。

父が電話を切ってからの三十分、凜はなにを聞かれてもほとんど答えなかった。どれだけ言葉を尽くそうと、倫との関係をわかってもらえる自信がまったくなかったからだ。

黙っているのが生意気だと思われたのか、左の頬を平手打ちされた。親から叩かれたのは、生まれて初めてだった。

愛華は一生懸命かばってくれようとしたが、そもそもお前のせいで瀬川家と険悪になったのだからと、まるで相手にされなかった。

地獄のような空気のなか、ピンポーンとインターホンの音がした。

向こうの両親は、倫も連れてきていた。

「……どうぞ」

母がドアを開けると、向こうの両親はお邪魔しますも言わずになかに入ってきた。

リビングのソファに、両家が向かい合って座る。

母の隣に座った凛を見て、倫がハッとした顔をした。叩かれた頬がジンジンするから、赤くなっているのだろう。

「長女は結婚式から逃げ出す。次女は親御さんがいないときに平気で男を連れ込む。いったいお宅は、お嬢さんたちにどういう教育をなさっているんですか。振り回される我が家はいい迷惑ですよ」

「……大変、申し訳ございません」

父と母が、深く頭を下げる。凛は普通に座ったままでいたら、母に乱暴に後頭部を押され、頭を下げさせられた。

凛は姉が結婚式から脱走したときのことを思い出していた。あのときは、どこか他人事みたいに両親が頭を下げるのを見ていたけれど、今回は自分のことで、自分も頭を下げさせられている。

「おかしいだろ」

倫が立ち上がった気配がした。

「なんで全部向こうが悪いみたいになってるんだよ。俺が、自分の意志で、留守にお邪魔しちゃったって話なのに」

「お前は黙っていなさい」

「だって——」

「なんの責任も取れない子供が、意見を言う権利などないと言っているんだ！」

倫の父親が声を荒らげた。

倫をなんの責任も取れない子供と言うなら、凛だってそうだ。まだ高校生なのだから。親のいない家でふたりで過ごしたのが軽率な行動だったと言われたら、返す言葉はない。両思いになった喜びと楽しさで、ふたりとも浮かれていた。

「お宅の長女さんのせいで、うちの長男はいまも女性不信を引きずったままですし、仕事に身が入らないでいます。それなのに、次男までおかしくされてはたまりませんよ。いったいどう責任取ってくれるんです」

向こうの母親がヒステリックに唾を飛ばす。

「……お言葉ですけど」

あまりの言われように、母がキレた。

「長女のときはともかく、今回のことはうちだけのせいじゃないでしょう。親のいない女の子の家に入り込むなんて、いったいお宅ではどういう教育をなさっているんですか」

「なんですって……！　うちの倫が悪いとでも言いたいんですか」

倫の母親が顔色を変えた。

摑み合いでもはじめかねない母親たちの間に割って入ったのは、凛の父だった。

「ふたりとも悪かったと思います。そしてお宅と関わるとろくなことがないと思っているのはうちも同じです——凛、スマホを出しなさい」

「え？」

「早く」

「……はい」

逆らうことはできず、凛は自分のスマートフォンをテーブルの上に置いた。

「これは解約します。二度と倫くんには連絡させません」

「ぜひそうしてください」

倫の連絡先を失うのは、これで二度目だ。きっともう、少なくとも高校の間はスマートフォンを持たせてもらえないだろう。

倫の学校にバスケの試合を観に行くこともできない。

あの写真を撮って倫の親にふたりの逢瀬を言いつけたのは、マネージャーの美和以外に考えられないからだ。

さらにダメ押しのように、倫の父親が言う。

「近くにいると、またなにをするかわかりません——倫はできるだけ早くアメリカの高校に留学させて、そのまま向こうの大学へ行かせます」

「なんだよそれ、聞いてない！」

倫は食ってかかったが、倫の父親は動じない。

「いま言ったからな。もともと留学はさせるつもりだった。それが早まるだけだ」

倫が外国に行ってしまう。

もう、上野でバッタリ会ったように、偶然会う可能性すらなくなるということだ。

しかし当然、凛に倫の留学について意見を言う資格などない。

体を引き裂かれるような思いを胸に抱えつつ、凛は唇を噛んで泣いてしまいそうなのをこらえた。

第三章　二十五歳の決意

1

森野蘭から手紙が届いたと実家の母から連絡がきたのは、街路樹のサルスベリに花が咲きだした頃だった。

凛は大学卒業と同時に家を出て三年になる。就職先である銀座の画廊には実家からでも通えないことはなかったのだが、過干渉な母から離れたかったから引っ越した。

家を出ても母はしばらくしょっちゅう電話してきてはチクチク小言を言ってきたのだが、一年ほど過ぎたところでそれはピタリと止んだ。

瀬川理との結婚を破談にして、一緒に逃げた元カレとも別れて、その次にできた恋人と結婚し女の子を儲けた姉の愛華が、離婚して子連れで出戻ってきたからだ。そのとき子供はまだ一歳で、母は凛どころではなくなった。

「ただいまー」

三か月ぶりに実家の門をくぐり、玄関扉を開ける。

「凛ちゃっ」

三歳になった姉の娘の美優《みゆ》が、満面の笑みを浮かべて廊下の向こうから走ってきた。どーんとぶつかりそうな勢いで飛びついてきた美優を抱き上げ、靴を脱ぐ。

「おっと……美優、重たくなったね」

きゃっきゃとはしゃぐ美優を抱いてリビングに入る。

「おかえり」

母と愛華がそろって凛を迎えてくれた。

父と母は姉が出戻ってきた当初こそあれこれ文句を言っていたが、いまではすっかり孫にほだされて、優しいおじいちゃんおばあちゃんをやっている。

愛華は美優が保育園に行っている間だけ、短時間のパートをしている。理との結婚式のキャンセル代を払う気は全然ないようだが、父も母も孫かわいさになにも言う様子はない。凛にとっても姪はかわいい。家族みんなで笑う機会も増えた。子供の力はすごい。

「それで？　蘭から手紙きたって？」

「そうそう。はい、これ」

母から渡された葉山凛様、と丸っこい字で書かれた白い封筒のなかには、少し硬い紙が入っている感じがした。もしや結婚式の招待状だろうかと思いハサミで封を開けると、中学の同窓会の案内状が出てきた。

「なんだった?」

「同窓会の案内状……んー、どうしようかな」

「せっかくなら行ってきたらいいじゃない」

母が能天気な声で言う。中学の同窓会ということは倫が参加する可能性だってあるのに。頭のなかが孫でいっぱいで、瀬川家がらみの揉め事などすっかり忘れたかのようだ。

凛にとって中学時代は、いい思い出ばかりではない。それなりに楽しく過ごしてはいたが、一番仲の良かった蘭とは最後の数か月ぎくしゃくしてしまったし、倫とも連絡を取り合っていることが親にバレて卒業間際に一度縁を切らされた。

「……ん?」

封筒のなかに、招待状とは別に二つ折りにされた一筆箋が入っている。

開いてみると、蘭からのメッセージが書かれていた。

『絶対来てね! 久しぶりに会いたいです』

「……蘭」

胸がジーンとした。蘭がそう言ってくれるなら、凛だって会いたい。凛は成人式に参加しなかったから、顔を合わせるのは実に十年ぶりだ。

同じ高校に行った同級生がいないから、他のみんなの顔も見たい。

そして、倫だ。倫は来るだろうか。彼とも、高校二年で再び親に引き離されて以来会っていない。いまはどこでなにをしているのだろう。まだアメリカにいるのだろうか。それとも、父親の会社で働いているのだろうか。

凛はリビングに置いてある棚の引き出しからボールペンを取り出し、参加に丸を書こうとした。

そこで、現在の恋人である鷹田恭一《たかだきょういち》の顔が脳裏に浮かび、一度手が止まる。

たぶんダメだとは言わないだろうけど、あまりいい顔はしないだろうなとわかってしまう。十歳年上の彼は古いタイプの男性で、若い女が遅くまで飲み会に出るのをよしとしない。

でも同窓会には出たい。出よう。凛は止まっていた手を動かし、参加の方を綺麗に丸で囲った。


翌日の晩。

「――中学の同窓会？」

凛の手料理を凛の自宅で食べながら、日本人としては濃い顔の恭一は器用に眉毛を片方上げた。

「うん、来月、品川のホテルで」

「ふうん……まあ、いいんじゃないか」

理解のある恋人でいようとしているのだろうが、顔にはおもしろくないと書いてある。想像通りの反応だ。

「それって何時から？」

「え？　七時だったかな」

「じゃ、九時には終わるな。車で迎えにいくよ」

「え、でも二次会とか——」

「迎えにいくよ」

「……はい」

九時以降はダメらしい。

一次会に出られるだけよしとしよう。

恭一とは、付き合いだして二年になる。会社を経営している彼が凛の父親の会社に商談に来ていたとき、たまたまいてお茶を出した凛に一目ぼれして交際を申し込んできたのがはじまりだった。

恭一は押しが強く、凛は流されるように彼と付き合うことになった。父の会社に出資してくれたから、断りづらかったというのもある。

恭一は人当たりがよく、気前もよくて、商才もある。ふたりの付き合いにおいて常に主導権を握りたがるが、引っ張ってもらえるのは楽でもある。

父も母も恭一を信頼していて、このまま結婚してくれたらと思っているのがビシバシ伝わってくる。たぶん時間の問題だろうなと、凛も思っていた。

「ごちそうさま。美味かったよ」

ご飯を二回お代わりしてやっと、恭一は箸を置いた。学生時代ずっとラグビー部だった彼は、いまでもがっしりした体形をしていて、よく食べる。

「はい、お粗末さまでした」

凛は立ち上がって、食後のお茶を恭一の分だけ入れた。それからふたり分の食器を下げ、洗いはじめた。

恭一はテレビの電源を入れ、お笑い番組を見ながらお茶を飲んでいる。自分が食事の後片付けをするなんて、考えたこともなさそうだ。

倫は違った。一度だけ泊まりでデートした高二のあのとき、凛の作ったカレーを一緒に食べたあと、当たり前のように自分の食器を下げ、片付けるのを手伝ってくれた。

なんて、比べても仕方ないのに。

同窓会で倫に会えるかもしれないと思うと、恭一には申し訳ないが、なにをしていても倫のことが心をよぎってしまう。もう八年も会っていないのにだ。

あれだけモテていたひとだ、きっと恋人だっているだろう。もう二十五なんだから、結婚して子供がいたっておかしくない。そう思うと、顔を合わせるのが少し怖くなる。

自分はちゃんと、大人としてそういう話を笑って聞けるだろうか。

2

同窓会当日。ホテルの宴会場で十年ぶりに会った蘭は、大きなお腹をしてしあわせそうに笑っていた。

「凛、久しぶり」

「ほんと久しぶり！　おめでとう、結婚してたんだね」

「うん、大学のときの同級生とね。でき婚だから、結婚式もなにもしてないけど」

「いま妊娠何か月？」

「八か月。もう少しで生まれるよ。たぶん男の子って言われてる」

「そっか、楽しみだね」

「うん」

蘭の体からは、しあわせオーラがにじみ出ている。旦那さんが、きっといいひとなのだろう。中学時代蘭を裏切るような真似をしてしまっただけに、よかった、と心から思う。

「凛は？　まだ結婚してないの？」

「うん。付き合ってるひとはいる」

「……まさか、瀬川？」

蘭が声をひそめて聞いてきた。

「違う違う」

凛は顔の前で手を振った。

「お父さんの仕事の関係で知り合ったひと。十こ上で、ぐいぐい引っ張ってくれる感じの大人だよ」

「そうなんだ。でも凛にはそのくらいのひとの方がいいのかもね」

「ただささ、私が若いからなのか、束縛強くて大変だよ。今日も行くなとは言わなかったけど、行ってほしくない空気バリバリ出してきたもん」

「んー……でもその気持ちは、ちょっとわかるかな」

「そう？」

「同窓会なんて、焼け木杭に火がつく原因の定番でしょ」

蘭の視線を追うと、五、六人で談笑しているスーツ姿の倫の姿があった。

ドキッと、心臓が跳ねた。

変わっていない。もちろん立派な大人にはなっているけれど、笑った顔は少年の面影を色濃く残していた。相変わらず、ひとに囲まれている。

あっという間に中学の頃に心が戻っていってしまいそうなのを、胸に手を当ててなんとか抑える。

「……話してきたら？」

「いいよ。みんなも瀬川と話したいだろうし」

「素直じゃないなあ」

蘭が肩をすくめた、と思ったら。

「おーい！　瀬川ー！」

大きな声で言って、倫に向かって手を振った。

「ちょっと、蘭っ？」

倫の顔がこちらを向き、その瞳がハッキリと凛を捉える。

二言、三言一緒にいたひとたちになにか言い、大股でこちらに向かって歩いてくる。

凛は倫から目を逸らせなかった。

凛の目の前で立ち止まった倫はキラキラした目をしていた。嬉しそうに微笑み、まっすぐに凛を見つめてくる。

「久しぶり」

「……久しぶり」

「元気だった？」

「うん」

なんだか胸がいっぱいになって、うまく話せない。

蘭はいつのまにか、姿を消している。

凛は視線を下げて倫の左手を見た。薬指に指輪がないのを確認してホッとしてしまう。

「いま、なにしてるんだ？」

「銀座の画廊で働いてる」

「絵、好きだったもんな。もう描いてはいないのか？」

「たまに描くよ。倫は？　あのあとどうしてたの？」

「アメリカで大学院まで行って、去年帰ってきたんだ。いまは親父の会社で働いてる」

「そうなんだ。バスケは続けてるの？」

「学生時代はずっとやってたけど、働きだしてからはなかなか……そうだ、社会人ぽいことしようか」

いたずらっぽく倫が言う。そしてなにをするのかと思えば、仕立てのいいスーツのポケットから革製の名刺入れを出し、そのなかから名刺を一枚取り出した。

「瀬川と申します。どうぞよろしくお願いいたします」

凛は倫の父親の会社の社名と課長という肩書きが書かれたそれを笑顔で受け取り、自分の名刺を差し出した。

「上松《うえまつ》画廊の葉山です。絵画や版画、彫刻がご入用の際はぜひご連絡ください」

お互いの名刺をしまい、いったん話が途切れる。

倫がなにか言いたげにこちらを見た。プライベートの連絡先を聞かれるだろうかと構えたが、倫は口を開いて、また閉じた。

凛も聞きたいことはいろいろあったが、周りに同級生が大勢いる状況ではあまり突っ込んだ話はできない。また、こうして向かい合っているだけでも、恭一に少々やましさを感じてしまう。

ふたりして黙っていると、宴会室の向こうから倫を呼ぶ声がした。

「あ……と、行くわ。またあとで」

「うん」

ひらひらと手を振って倫を見送る。

もっと話したかったけれど、人気者の倫をいつまでも独り占めにしているわけにもいかない。

それからは倫と話をするきっかけを持てないまま、同窓会はお開きとなった。

「二次会行くひとー!　こっち集まってー!」

会場であるホテルを出たところで、幹事である蘭が大きな声でみんなに呼びかけている。

凛が少し離れたところにいるのを見て、小走りでやってくる。

「凛は？　行こうよ」

「ごめん、迎えがくるからもう帰らなきゃいけないいんだ」

「……彼氏？」

凛は頷いた。

「ならしょうがないかあ」

「今度、ゆっくりお茶でもしようよ」

「うん。もうすぐ産休入るから、また連絡するね」

蘭と話していると、黒塗りのセダンがスーッと走ってきて、凛の前で止まった。

「待った？」

恭一が窓を開けて話しかけてくる。

「ううん。いま終わったところ。それじゃ、またね蘭」

「うん、また」

蘭は恭一に軽く頭を下げ、凛に手を振ってみんなのところに戻っていった。

なにげなく蘭の後ろ姿を目で追っていると、こちらを向いている倫と目が合ってドキッとした。

べつに隠すことではないのだろうが、恭一といるところを倫には見られたくなかった。

「凛？　乗って」

「あ、はい」

促されて、急いで助手席に乗る。

車はすぐに走り出した。倫がまだこちらを見ているかもしれないと思うと、後ろを振り返ることはできなかった。

3

家に帰ってから倫の名刺を改めてよく見てみると、裏面にプライベート用らしき電話番号やメールアドレス、ＳＮＳのアカウントがペンで書かれていた。名刺交換したときには普通に渡されただけだから、前もって書いておいてくれたのだろう。

久しぶりに見る、少しクセのある倫の字が懐かしい。

いま使っているスマホに倫の連絡先を登録するか、凛は迷った。

大人になったので、さすがに親からスマホを見られてどうこう言われることはもうないが、恭一に対して後ろめたさは感じる。

いまさら倫と連絡を取り合って、いったいどうしたいのか。

かといって名刺を処分する気にもまったくなれず、たっぷり三十分は眺めてから、凛は倫の名刺を自分の名刺入れの一番奥にそっとしまった。


倫に連絡をしないまま、一か月経った。

毎日は画廊と家の往復で、三日に一回は恭一が家にやってきて夕食を食べ、泊まっていった。泊まる頻度は、付き合いはじめた当初から、だんだん増えている。そろそろ同棲しようと言われそうな気配を感じているが、正直言ってあまり気がすすまない。

恭一は食べっぷりが豪快で料理しがいはあるのだけれど、おかずが三品はないと露骨にがっかりした顔をする。三日に一回だからなんとか頑張れているが、毎日となると凛も働いているのでちょっときつい。そしてそれを正直に言えば「だったら仕事を辞めればいい」と簡単に言われてしまうのが想像できてしまう。

芸術にまったく興味のない恭一は、どうも凛の仕事を軽く見ているところがある。

いまの仕事には、苦労して就いた。大学の芸術学部を卒業して、画廊を就職先として第一希望にしたものの、画廊はどこも小規模で求人自体が極端に少ない。どうにか滑り込んだいまの画廊を辞めるのは絶対に嫌だった。

そんなある日の午後。

外は雨で画廊に入ってくる客はなく、凛が入り口の見えるところにある机で溜まっていた事務仕事を片付けているときだった。

入り口のガラス扉をコンコンとノックする音がして顔を上げる。

傘をたたみながらなかに入ってきたのは、スーツ姿の倫だった。

「よう」

「倫……」

「凛がいるの見えたから」

中三のあの頃、美術室に来たときみたいな言い方だった。一気に十年前に戻ったような気分になる。凛は跳ねるように立ち上がって、倫のもとへ行った。

倫は傘を傘袋に入れ、物珍しそうに画廊のなかを見回している。

「今日は雨だし、お客さん少なくて退屈してたの。ゆっくり見ていって」

「こういうのって、現代アート？　ていうのか？　なんかおもしろいな」

びっしりと水玉模様が描かれている歪んだかぼちゃの絵に顔を近づけて、倫は不思議そうな表情を浮かべた。

「じっと見てると、だんだん不安な気持ちになるよね。私は嫌いじゃないんだけど」

「そういや会社の応接室に飾る絵を買えたらと思ってたんだ。一緒に選んでくれないか」

「あー、そういう場所だったら、もっと普通の絵の方がいいかな。静物画とか、綺麗な景色とか。油彩がいいとか版画がいいとかある？」

「いや特に」

だいたいの予算と好みの雰囲気を聞いて、いまギャラリーに展示しているのは前衛的なアートばかりだったので、凛は表に出していない絵を何枚か裏から持ってきた。

倫をパーティションで区切った応接スペースのなかに案内して、一枚一枚絵を見せて説明していく。

「応接室向けだと、この先生はけっこう人気で、号単価一万五千円くらい。これは十号だから十五万。額装するなら、額は別料金ね」

倫は美術品に詳しくはないが、凛の話をふんふんと興味深そうに聞いてくれた。

「うちの応接室の雰囲気だと、これがいいかな」

倫が最終的に選んだのは、くすんだピンク色が背景の静物画だった。華やかすぎず、落ち着きすぎず、いい選択だと凛も思った。

「額はどうする？」

「お任せでいい？」

「もちろん」

凛は絵の邪魔にならないようなシンプルな額を選んで、キャンバスをセットした。

絵を梱包して、会計も済ませると、名残惜しい気分になった。もう少しだけ、倫と一緒にいたい。

「あの……お茶でも飲んでいかない？」

「いいの？」

「うん。今日は雨で他のお客さん来そうにないし、話が長引きそうなお客さんには、いつもそうしてるから」

「じゃ、遠慮なく」

倫が付き合っていたときみたいな顔で笑う。

凜は急いで給湯室に行き、コーヒーを二人分入れて戻った。

湯気を立てているコーヒーを飲む倫は、穏やかな顔をしていた。

「……ごめんね」

「え？　なにが？」

「連絡先、名刺に書いてくれたのに、連絡しなくて」

「ああ、いいよ」

そんなことかという感じで、倫が笑う。

「ここに来れば会えるのはわかってたし……この前迎えにきてたのは、彼氏？」

ストレートに聞かれ、倫から目を逸らしてしまう。

「……うん」

「そうか。だったら、俺に連絡しづらいのもわかるよ。付き合って長いの？」

「二年くらいかな。倫は？　彼女はいないの？」

「しばらくいないな。あれから何人か、付き合ってみた子はいたけど、誰とも長続きしなかった」

「そっか」

倫がひとりだということを嬉しい、と思ってしまうのはいけないことだろうか。

話が途切れ、なんとなくふたりで外を見る。

雨はまだ降り続いている。

「……ご家族は元気？」

「元気っていうか、賑やかになったよ。お姉ちゃん、結婚式から脱走したときの相手と別れたあと違うひとと結婚して、そのひとともダメになって二年もたずに出戻ってきたの。子供連れて。なにやってるんだかと思ったけど、おかげで親の関心が全部孫にいって私にあんまり干渉しなくなったから、結果オーライかな」

「子供の力はすごいな」

「倫のおうちは？」

「あんまり変わらないかな。俺がアメリカに行っている間に少しでも状況がよくなっていたらと思ってたんだけど……相変わらず親の夫婦仲は冷え切ってるし、兄貴は一応会社に籍はあるんだけど、無断欠勤や遅刻が多くてまるで人望がないし。父親はすでに兄貴を見限っているから、いずれは俺が会社を継がなくちゃいけないらしい」

「それは……しんどいね」

姉との破談が、十年を過ぎてなお瀬川家に影響を及ぼしているとは、申し訳ない。ただ自分が謝るのも違う気がして、凛は謝罪の言葉を口にしなかった。

「せめて会社にいる時間以外は誰にも気を使いたくなくて、アメリカから戻ってすぐひとり暮らしをはじめたんだ」

「私も、大学を卒業してすぐ家を出たよ」

「いいよな、ひとり暮らし。自由でさ」

凛はうんうんと頷いて同意した。

実際には、週に何度も恭一が泊まりに来ているのだが、そこまでは言いたくない。

「……凛」

倫の視線は画廊の入り口に向いている。

「うん？」

「彼氏とは、結婚するの？」

「……わからない。親はしてほしいみたいだけど」

「親にそう思われるっていうことは、いいひとなんだ」

「悪いひとではないかな。ちょっと昭和の男っぽいけど。人柄がどうこうっていうより、手広く事業をやっていて、うちの親の会社にも出資してくれてるのが大きいんだと思う」

そう言うと、倫は真顔で画廊の入り口から凛の顔に視線を移した。

「あのさ」

「うん」

「連絡先、交換してくれないか」

まっすぐに目を見て言われ、凛は反射的に頷いた。

「あ……うん、いいよ」

ふたりでスマホを取り出し、ＳＮＳのＩＤを登録し合う。

もう凛は大人で、親にスマホをチェックされることはないし、恭一も見たがるタイプではないが、念のため登録名は女性の名前に変更しておいた。

「ありがとう、また来る」

立ち上がった倫を見送るため、凛も画廊の入り口へと向かう。

いつのまにか、雨はやんでいた。

4

倫が画廊に来た日の夜、遅い時間に恭一が家にやってきた。

「腹が空いた」

「ちょっと待ってて。すぐできるから」

恭一が大きなため息をついて、どっかりとソファに座る。着いてすぐ夕食を食べたいなら、何時くらいに家に来るのか一言連絡してくれたらいいのに、彼は具体的に食べたいメニューがあるとき以外はほぼ突然やってくる。

凛の方も慣れたもので、恭一の空腹ゆえの不機嫌はスルーできるし、下味をつけて冷凍した肉など短時間で出せるものを常に用意してある。

「――お待たせしました」

ものの十分で、千切りキャベツを添えた生姜焼きと豆腐とわかめの味噌汁ができあがった。それに常備菜のきんぴらごぼうと茶碗に山盛りのご飯をつければ、恭一の機嫌はあっという間に治る。

学生並みの食べっぷりのよさは、相変わらず見ていて気持ちがいい。

「なんだか機嫌がよくないか?」

恭一が凛を見て言う。

「私? そうかな」

ドキッとした。

連絡先を交換し、絵を売っただけだが、倫と会ったことを恭一に話せるかというと話せない。

「今日は、私の気に入ってた絵が売れたから」

嘘ではなかった。

「絵か……何十万も出してそんなもの買うやつの気が知れないな。投資目的なら、まあわかるけど」

凛が画廊で働いているのにこういうことを言えてしまうのが、恭一だ。悪気はない。思っていることがつるっと口から出ているだけで。

実際美術品は安いものではないし、生活必需品でもないから、腹は立たない。

ちなみに恭一は飲食店の経営も何店かしているが、そこに飾ってあるのはあまり値の張らないポスターだけだし、内装はコーディネーターに丸投げしている。

「ごちそうさん。美味かった」

箸を置くなり、恭一はテレビをつけた。

凛はちらりと液晶画面を見る。恭一の大好きな、総合格闘技の試合をやっているらしい。顔を腫らした男が鼻から血を流しているのを見て、凛は目を逸らした。

わざわざこんな痛そうなことをしている格闘家たちを見るひとの気が知れない。どっちが勝つか賭けてでもいるのなら、まあわかるけど。

凛は騒がしいのがあまり得意ではないので、会場に見に行こうと誘われたときはさすがに断った。恭一とは基本的に趣味が合わない。

二人分の食器をシンクに下げ、スポンジで洗う。

テレビからは、ワーワーと観客たちの興奮した声が聞こえる。ひとが殴られているのを見てなにが楽しいのかと凛は思うけれど、恭一はキャンバスに絵の具を塗ったくったものを見てなにが楽しいのかと思うのだろう。

「そういえば、今日凛のお父さんに会ったよ」

「そうなんだ」

「相変わらずリストラが下手だね。上から三人くらい退職させれば財務状況がだいぶ改善されますよとは助言したんだけど。苦笑いされただけだった」

「……お父さんにはお父さんのやり方があるから」

「それにこだわって、俺に出資してもらわなけりゃ回らないようになっていたら世話ないだろう」

経営者としての恭一は、きっと父より有能なのだろう。それはよくわかるのだが、ちょくちょく父を下に見るようなことを言われるのは、少しつらかった。

5

次に倫に会う機会は、意外と早く訪れた。

倫が画廊に来てくれた日の翌週、蘭が自宅の庭でバーベキューをするから来ないかと誘ってくれたのだ。凛は喜んで行くと返事をした。

倫も招待されているのは、倫からのメッセージで知った。凛も行くと伝えると、やったーと喜んでいるパンダのスタンプが送られてきた。まるで付き合っていたときみたいで、フフッと笑ってしまった。

倫にもらったピンク色のパンダは、実家を出るときにちゃんと持ってきた。いまはドレッサーの上で、相変わらず籠に入れられている。

バーベキューの当日は、よく晴れた。凛は差し入れにフルーツを数種類カットして、冷やして持っていった。

郊外にある蘭の家は庭が広い一軒家で、結婚してすぐ建てたものだという。

初めて会う蘭の夫は、少しぽっちゃりした見るからに優しそうなひとで、妻が好きでたまらないという気持ちが視線や行動からにじみ出ていた。

招待されているのは同窓会に来ていた同級生のうち、家がそこそこ近く日曜が休める八人ほどだった。

「さあ、どんどん焼きますんで、どんどん食べてくださいね」

自分以外は妻とその同級生という状況だが、蘭の夫は張り切って火起こしから焼きまでこなしている。

「すっかりお任せしちゃって、なんだか申し訳ないね」

蘭に小声で言うと、笑顔で首を横に振られた。

「いいのいいの。あのひとこの家を建てる前から庭でバーベキューをするのが夢で、先週は自分の同級生たちを集めてたんだ。もう慣れたもんだから、全部任せちゃって」

「俺、アヒージョ持ってきたんだった。網に載せてもらっていい？」

倫がジップパックに入れた小鍋を取り出した。むきエビやマッシュルームがすでにセットされていて、あとはオリーブオイルを入れればいい状態だ。

「さすが瀬川。差し入れがしゃれてるねえ」

蘭が倫から小鍋を受け取り、網のあいていたところに置いた。そこにたっぷりとオリーブオイルを注ぐ。にんにくとオイルのいい匂いが食欲をそそる。

同窓会より人数が少ないことで砕けた雰囲気になり、みんな大いに食べ、飲み、笑い合った。アヒージョもカットフルーツもすぐになくなった。

用意された肉や野菜がだいたいなくなったところで誰かが持ってきたアイスクリームが

出てきて、別腹だと喜んで食べる。

「みんなまだ時間あるよね？　家のなかでもうちょっと飲もうよ」

蘭の提案を聞いて、凛は表情を曇らせた。

「ごめん、私はそろそろお暇しなくちゃ」

「ありゃ、用事でもあるの？」

「用事っていうか……彼氏にバーベキューに行くのはいいけど夕飯までには帰るようにって言われちゃってて。たぶんそろそろ迎えにきそう」

「なにそれ。俺の夕飯はどうするんだ的な？」

「うん、まあ、そんな感じ」

苦笑いしながら答えると、蘭の夫が話に入ってきた。

「自分の彼女が自分の知らないひとたちと盛り上がっていると思うと、寂しいのかな。残ってるお肉と野菜、焼いてあげるから持って帰るといい。そうすればすぐ夕飯できるよ、炭火焼丼」

「あ……ありがとうございます。なんだかすみません」

いいからいいからと、消えかけている炭火を再び元気にして、肉と野菜を焼きはじめる。

会ったこともない恭一の気持ちに寄り添い、もうほとんど終わっていた作業を躊躇なく再開してくれる。本当に優しいひとだ。蘭はいいひとを見つけたなと、しみじみ思う。

肉と野菜が焼きあがった頃、凛のスマホが震え、蘭の家の前に着いたとメッセージが入った。

「はい、これ」

蘭の夫が使い捨ての容器に焼きあがったものを入れ、渡してくれた。

「ありがとうございます」

それじゃ、とみんなにお別れを言おうとしたとき、倫が真顔でこちらを見ていることに気が付いた。

見なかったことにして、みんなに手を振り、蘭の家を出る。

「お待たせ」

すぐ前に止まっていた恭一の車に乗り、シートベルトをかけた。

もらったばかりの肉野菜焼きを膝に載せると、ぽかぽかと温かくなった。

「バーベキュー、楽しかった？」

「うん」

「そういうことできるの、いいよな。俺たちも一緒に住むときは一軒家にしようか」

「……庭の手入れとか、大変そうだったけどね」

凛は曖昧に笑った。

恭一は同棲したいんだろうなと、凛は思っている。そして凛は、恭一がそういう話を振ってくるたび、うやむやにしてごまかしている。

まだ恭一と生涯を共にする覚悟はできていない。

あと十分ほど走れば凛の家につく、というところで、バッグに入れていたスマホが震えた。

倫からのメッセージが届いた通知だった。

『凛はいま、しあわせですか』

短いメッセージに、すぐに既読をつけることはできなかった。

6

二年前、実業家兼コンサルタントとして目の前に現れた恭一は、それまで凛の周りにはいなかったタイプの男性だった。

自信に満ち溢れていて、傾きかけてた父の事業を瞬く間に立て直し、たまたまお茶出しして一度会っただけの凛に一目ぼれしたと言って猛烈にアプローチしてきた。

倫と別れて以降、出会った男性から淡い好意を向けられることはあっても、会うたび大きな花束を持ってきて「付き合ってほしい」とぐいぐいくるようなひとはいなかったから新鮮だったし、戸惑ったけれどストレートで熱い好意は凛の心を動かした。

付き合ってみれば、恭一は十歳も離れているし忙しいひとなだけあって、自分のペースと価値観に合わせるよう凛に求めてきた。

凛にしても、なんでも恭一が決めてくれるのは正直楽だし、ひとり暮らしでどうせやらなくてはいけないものだから、家で会っているときの家事負担が百パーセント自分でもそこまで不満には思わなかった。定期的に食費だといって、まとまった金額のお金をもらっているからというのもある。

ただ、ちらほら同棲や結婚の話が出るようになってきて、そのときは当たり前のように凛が仕事を辞めるものだと思っていたり、凛が自分の友達と遊ぶと若干不機嫌になったりするところが心に引っかかっている。

それで一緒に暮らす話が出るたびのらりくらりとかわしてしまっているのだが、いつまでも引き延ばせるものでもないし、両親からもそろそろいいんじゃないかとちょいちょいつつかれるようになっていて、逃げ場のない気持ちになってきている。

『凛はいま、しあわせですか』

倫からのメッセージは、既読スルーしてしまった。

自分の希望した仕事についていて、衣食住には困らず、愛してくれている恋人がいる。

少なくとも不幸ではないのはたしかだ。

凛は先日会った蘭夫婦のことを思い起こした。

蘭はのびのびと生活を楽しんでいたし、旦那さんはそんな蘭がかわいくてたまらないという顔をしていた。

自分の言いたいことを言い、したいことをしている蘭が羨ましいと思ってしまったということは、凛は恭一に対して同じような態度がとれないということだ。

夫婦や恋人の形は様々で、正解があるわけではない。自分と恭一が、蘭夫妻と同じような関係でないといけない理由はない。わかっていても、どこかむなしい。


バーベキューをした日から半月が経った。

その間倫から連絡はなかったし、凛もメッセージを送ることはなかった。質問をスルーしておいてなにを送ればいいのかわからなかったし、昔はともかく、いまの凛と倫はなんの用事もないのに何気ないやり取りをするような関係ではない。

画廊の営業時間は午後六時半までで、六時を過ぎるとぱたりとひとが来なくなる。凛はギャラリーの中央に置かれたテーブルで閉店処理を進めながら、ぼんやりと外を眺めた。

だいぶ涼しくなってきたので、通りを行くひとたちは皆薄手のアウターを着ている。今年は新しいブーツがほしいなとおしゃれな女性を見ながら考えていると、画廊の前でひとりの男性が立ち止まった。

倫だ。

紺色のスーツの上にベージュのトレンチコートを着て、にっこり笑っている。

「あっ」

凛が立ち上がると同時に、倫がなかに入ってきた。

「よう」

「倫……」

凛の胸が弾んだ。倫がまた来てくれるとは思っていなかった。

「凛がいるの見えたから」

倫はまた中三のあの頃、美術室に来たときみたいな言い方をした。

「もう閉店かな?」

「ううん、あと三十分あるから、ぜひ見ていって。今日は倫が好きそうなの展示してるから」

「俺が好きそうなの?」

「うん、こっちに来て」

いまこの画廊のギャラリースペースでは、中国の女性現代美術家の三人展を開催している。凛が倫を連れていった先には、パンダをモチーフとして多用する作家の版画が十枚ほど展示されていた。

「これいいな」

倫の声が弾んでいる。

彼が指さしたのは、ダリの代表作である『記憶の固執』のパロディだ。ダリの代名詞と言える溶けて柔らかくなった時計が、全部子供のパンダになっている。

「かわいいでしょ」

「最高」

他にもムンクの『叫び』のパロディなど、名画のあちこちにパンダが登場する作品たちを倫は楽しそうに眺めた。

「これ、俺の部屋用に欲しいな」

一通り見てから倫が選んだのは、一番最初に惹かれていた『記憶の固執』のパロディだった。

「お、意外と安い」

「版画だからね。この前買ってくれたのは油絵だったでしょ」

もちろんその作家の人気や知名度によるところは大きいが、同じくらいのクラスの作家なら、一枚ものの油彩と量産できる版画では価格の桁が違う。

凛は倫の選んだ版画の横に、「売約済み」の紙を貼った。

「これ渡せるのは、展示会が終わってからになるんだけど……取りに来る？　それとも郵送する？」

「取りに来る」

「わかった」

そのときまた会えると思うと、胸がくすぐったくなる。

「楽しみだな。俺の部屋に飾ったら、うちのパンダが喜ぶよ」

うちのパンダ。聞かなくてもわかる。中三の夏に、動物園の売店で買ってくれた、ピンク色のパンダのことだ。

まだ大事に持っていてくれたのか。

「凛のパンダは元気？」

「いつも寝てるよ。お布団かぶって」

凛も大事に持っている。

「そう」

フッ、と倫が嬉しそうに口角を上げる。

その顔を見て、胸が切なくなった。

「……ごめんね」

「え、なにが？」

「この前のメッセージ、返信しなくて」

「ああ、いいよ。全然義務じゃないし。俺こそデリカシーなかったかも。ごめんな」

「倫はいま、しあわせ？」

「俺？　さあ、どうだろう」

独り言みたいに言って、倫はスッと遠くを見た。

倫はどうして、会いに来てくれるのだろう。

自分はどうして、倫が来てくれると心が弾んでしまうのだろう。

「また連絡するよ。返事はくれてもくれなくてもいいから」

「……うん」

じゃあまた、と倫が帰っていく。

凛は倫の背中が見えなくなるまで入り口の外で見送ってから、営業中の札を裏返した。

7

それから倫は、二、三日に一度程度メッセージを送ってくるようになった。

内容は本当になにげないもので、その日食べた昼ご飯の写真だったり、会議が長いという仕事の軽い愚痴だったりだ。会社の応接室に買ってくれた油絵を飾っている写真は嬉しかった。画廊から旅立っていった絵がどのように飾られているか見られる機会はほとんどない。

メッセージを送ってくるのはだいたいが平日の昼間で、恭一と会っているときに着信しないよう配慮されているのがわかった。

そんなある日、ニュースサイトのアドレスが送られてきたのでリンク先へ飛ぶと、上野の動物園で半年前に生まれた赤ちゃんパンダが来週から一般公開されるというニュースの動画があった。

「か、かわいい……！」

昼休みの休憩室でそれを見た凛は、思わず声を出した。

中三のとき蘭と倫と三人で見たパンダの子は、三歳だった。それでも子供っぽい姿や仕草がかわいかったのに、動画のパンダはまだゼロ歳で、いかにも赤ちゃんという感じだ。まるでぬいぐるみのようというか、ほぼぬいぐるみだった。それが中途半端に木にもたれて眠っているところなど、先日倫が買っていった『記憶の固執』の柔らかく溶けた時計のようだ。

動画に見入っていると、続けてメッセージが入った。

『よかったら、一緒に見に行きませんか』

パンダは見たい。

倫にも会いたい。

しかし返事に迷った。同窓会で倫と再会して以来、ふたりで出かけたことはない。恭一にはとても話せない。同窓会に出ることにすら、あまりいい顔をしなかった彼が、自分以外の男性と凛がふたりで出かけるのを許すとは思えない。男友達と出かけることを明確に禁じられたことはないが、それは恭一と付き合いだしてからいままで、凛にそこまで親しい男の友人がいなかったから問題にならなかっただけだ。

しかも恭一にはなにも話していないが、倫は凛の元カレだ。ただの友達と言い切るのは難しい。

スマホの画面を見て、下唇を噛む。これが夜のお酒の席のお誘いだったら、すぐに行けないと返事をしていただろう。でも昼間の健全な時間に、大勢ひとがいるなかで会うのはそんなに悪いことだろうか。

「どうしたの、そんな難しい顔して」

休憩室にやってきたふたつ上の女性の同僚が怪訝そうな顔をした。

「……浮気って、どこから浮気なんでしょうね」

「葉山さんがそういうこと言うなんて珍しい。なに、あの顔の濃い彼氏に浮気された？」

閉店に合わせて迎えに来たことが何度かあるから、同僚は恭一の顔を知っている。

「いえ、彼はなにも」

「じゃ、葉山さん？　意外ー」

「まだなにもしてません。男友達とふたりで昼間お出かけするのって、浮気に入るのかなあと思って」

「んー……私は彼氏ができてもいちいち男友達と縁を切ったりしないから、普通に遊びにいっちゃうけど。ひとによるんじゃないかなあ、気にするひとは気にするし。葉山さんの彼氏は、女友達と出かけたりする？」

「聞いたことないけど、たぶんしてないんじゃないかな……」

というか、女性でも男性でも、恭一には友達という存在自体が少ない気がする。誰かと出かけたという話を聞くことはあるけれど、相手はいつも仕事の関係者だ。交友関係が一見広いようで、案外そうでもないひとだと思う。

「一言話しておけばオッケーですかね？」

話し方に迷うところではあるが。同窓会と蘭の家でのバーベキューは、ダメとは言わなかった。確率は低いかもしれないが、元同級生と出かけると言えば許してくれる可能性がなくはない。

「逆じゃない？」

「え？」

「どうしてなんでも許可を求めるの？　やましくないなら、べつに言わなくてもよくない？　もういい大人なんだし」

そういう考え方もあるのか。

凛は考え込んでしまった。

「いままでの話も聞いてるけど、結婚や同棲もしてない段階で、明るい時間の行動までいちいち許してもらわないといけないなんて、窮屈じゃない？　いまからそんな調子だと、結婚なんてしたらもっと束縛してくるよ。これからも彼と付き合っていくつもりなら、よく考えた方がいいと思う」

窮屈じゃないと言えばうそになる。同窓会は二次会も行きたかったし、蘭の家でも、もう少しゆっくりしていきたかった。

心の天秤が、パンダを見に行く方に傾いていく。

「……もう少し、考えてみます」

「うん、そうするといいよ」

休憩時間が終わりギャラリーに戻っても、凛はなかなか仕事に集中することができなかった。倫が買った版画は、売約済みの紙を横に貼ったうえで、まだ展示している。それを眺めては、溶けて柔らかくなった時計のように眠っている赤ちゃんパンダのことを思った。


画廊の定休日である日曜日。

さんざん悩んだあげく、凜は恭一には言わない。ただし、夕方過ぎまでには家に帰る。と自ら決めて、倫と動物園に行くことにした。

一般公開直後の日曜日とあって、開園時間である午前九時半の一時間前には動物園前で待ち合わせしたものの、すでに長蛇の列ができていた。

「すごいひとだな」

倫が驚いた顔をしている。

赤ちゃんパンダの公開は、しばらくは一日二時間程度で、様子を見てだんだん延ばしていくということだった。

凜たちはギリギリだったらしく、すぐ後ろで「今日はここまでです」と列を打ち切られて、そのあとに来たひとたちは残念そうに帰っていった。

「これから一時間待って、さらに入園して二時間待ちかぁ」

倫とふたりなら全然退屈せず待てそうだが、いかんせん寒い。コートのなかにもう一枚着てくるんだった。

倫は今日はMA—1にパーカーというラフな格好をしている。こういう服装をしていると、スーツのときよりだいぶ若く見える。

「俺コーヒー持ってきた。飲む?」

「あ、嬉しい。ありがとう」

倫がステンレスのボトルから、熱々のコーヒーをカップになっている蓋に入れて渡してくれる。ひと口飲むと、体の内側がポカポカと温まった。

「気が利くね、倫」

「まあね」と倫は胸を反らせた。

それからの時間を、凛は倫とお喋りしながら待った。ふたりして、中三のときに倫が買ったピンク色のパンダを持ってきているとわかったときには、大いに盛り上がった。

楽しい時間はあっという間で、動物園の前で一時間、入園してから約二時間後に、ふたりは赤ちゃんパンダの前に立っていた。

「わあっ……」

ガラス越しでも声が聞こえているかもと、つい小声になる。

体重百三十グラムで生まれた雌の赤ちゃんパンダは順調に成長し、いまはもう十一キロを超えているらしい。

それが、飼育室内に置かれた木に中途半端にもたれかかって、たぶん眠っている。

「溶けてる溶けてる。まるで時計だ」

倫が嬉しそうに何枚もスマホで写真を撮る。

「凛は撮らないのか？」

「うん。目に焼き付ける」

本当は万が一写真を恭一に見られたら面倒だと思ったのだが、倫には言わない。

「じゃあ、凛とパンダで撮らせて」

「いいよ」

倫のスマホに写真が残る分には構わない。

何枚か撮ってもらっているうちに、自分たちの持ち時間は終了し、パンダの前からどかされた。

「めちゃくちゃかわいかったな」

「うん、来てよかった」

「他の動物も見てく?」

「んー……さらっとでいいかな」

なにせ三時間立ちっぱなしだったから、けっこう足にきていた。どこでもいいから座りたい。

「それなら、ちょっと早いけど、ランチ食べに行かないか?」

「いいね」

「なにか食べたいものある?」

「甘いものとしょっぱいもの」

「欲張りだな。わかった」

倫は凜を連れて動物園を出て、どこかへ向かって歩き出す。迷いのない足取りだ。

十分ほど歩いて着いたのは、けっして『カフェ』ではない、『ザ・昭和の喫茶店』という感じの店だった。人気の店らしく、ランチには早い時間にもかかわらず店の外にまで何組か待ちが出ている。

「いいねえ、なんていうかこう、懐かしい感じ？」

「懐かしいって、昭和に生まれてないだろ」

「そうだけど」

じゃれ合うような会話をしているうちに、すぐに順番が回ってきた。古いが清潔感のある店内は居心地がいい。

メニューを開くと、ピザトーストにナポリタン、ホットケーキと、期待を裏切らない昭和感にわくわくした。

「ナポリタンはマストとして、食後にチョコレートパフェも食べたいんだけど食べきれるかな……」

山盛りの生クリームに缶詰のチェリーとみかんといういまどきなかなかないシンプルさに心惹かれる。

「半分こする？　俺も食べたいし」

「いいの？」

「いいよ。すみませーん」

倫は店員を呼んで、ナポリタンをふたつとチョコレートパフェをひとつ注文した。

十分ほどで運ばれてきたナポリタンはピーマン、玉ねぎ、ベーコンが入っていて、トマトの酸味が効いていた。アルデンテより少し柔らかいのが、いかにも喫茶店という感じだ。

「美味しい。ちょっとうちのお母さんが作るナポリタンの味に似てるかも」

「へえ、凛のお母さん、料理上手なんだな」

「倫のお母さんは？　パスタはあんまり作らなかった？」

「親父の好みに合わせて和食はたまに作ってたけど、料理自体あんまり好きじゃないみたいで外食が多かった」

「うちは逆で外食する機会が少なかったから、特別感あって好きだったなあ」

お互いの両親に会ったのは、高校二年のときが最後だ。倫が凛の家に外泊したのがバレて、けっこうな修羅場になった。

それでももう八年も経っているので、家族のことを話しても気まずくはならなかった。

ふたりともぺろりとナポリタンを平らげると、今度はチョコレートパフェが運ばれてきてテーブルの真ん中に置かれた。

大きい。笑ってしまうほど。思わずメニューを広げてパフェの写真を見てみたけれど、明らかに実物の方が大きかった。

「逆詐欺だ……！」

「盛り付けたっていうか、そびえ立つ！　って感じだな……」

ひとりひとつずつ頼まなくて、本当によかった。

「頑張ろうね」

「おう」

長いスプーンをひとつずつ持ち、あっちとこっちから同時にパフェを食べはじめる。

「チェリーはどっちが食べる？」

パフェのてっぺんにチョンと置かれている真っ赤なチェリーをスプーンで差して尋ねる。

「生クリームとアイスの部分を交互にひと口ずつ食べていって、チェリーを落とした方が負け」

「勝った方が食べるっていうこと？」

「なんでだよ。負けた方に決まってるだろ」

倫がチェリーが苦手だということはわかった。

「じゃ、俺からな」

パフェの向こうで、倫が生クリームをけっこうな勢いですくった。

続けて凜が、同じくらいの量を半分はアイスにしてすくう。

「美味しい」

倫がまた生クリームをすくう。アイスと一緒に食べた方が美味しいと思うのだが。

「なんか、こんな遊びあったよね。砂場でやるやつ」

「棒倒しな。俺得意だったよ」

凛はそうでもなかった。いまも、勝負に勝つより、より美味しく食べられるようにバランスよく生クリームとアイスをすくってしまっている。

負けたところで、チェリーは嫌いじゃないので全然構わない。

しかし十回ずつくらいアイスと生クリームの山を削ったところで、チェリーは無情にも倫の方へ落ちた。

「あっ……」

「んふっ」

倫がたかだかチェリーひとつでこの世の終わりみたいな顔をするものだから、つい笑ってしまった。

「テーブルに落ちなくてよかったね」

パフェグラスを載せた皿の上に転がったチェリーの柄を持って、笑顔で倫の顔の前に持っていく。

「はい、あーん」

あーん

「くっ、うう……」

倫がものすごく嫌そうな顔で唇を開く。そしてチェリーを口のなかに入れたのとほぼ同時にごくんと飲み込んだ。

「丸呑み!?」

「味わいたくないんだよ……」

「そんなに美味しくないかなあ」

「さあ」

「さあって」

「噛んだことがないから味はよく知らない」

「いや、噛んでみようよ!?」

「毒々しい赤いビジュアルがダメなんだ。ほら、毒きのことか、赤いだろ」

「紅ショウガなんかもダメってこと?」

「真っ赤なやつは無理。薄いピンク色くらいならいける」

「へぇ……」

倫のことはそれなりに知っているつもりでいたけれど、こんな謎のこだわりを持っているなんて知らなかった。

「敵は倒した。あとは落ち着いて食べられる」

そう言って倫は、まだ三分の二は残っているパフェにしあわせそうにスプーンを運んだ。

8

スパーンッ！　と、乾いた音がした。

続けて頬がカアッと熱くなっていき、叩かれたのだとわかる。

目の前の恭一は体の両脇で拳を固く握り、目を血走らせている。凛の家に来たばかりで、まだコートすら脱いでいない。

グーで殴られなくてまだよかった。

そんなことでも考えていないと、怖くて頭がどうにかなってしまいそうだった。

人に叩かれたのは二回目だ。高二のあの日、修羅場になったとき父に手を上げられたのが初めてだった。ただ、あのときはここまで痛くはなかった。

口のなかが切れたらしく、血の味がする。脳が揺れたせいで足がもつれ、床に膝をつきそうになったが、強い力で二の腕を掴まれ、立たされた。

「いったいどういうことだ」

恭一の声は、怒りからか少し震えている。

なにが、と聞けなかった。ただただ自分に振るわれる暴力が怖かった。

「この男は誰だ」

スマホの画面を見せられる。流れ出した動画は、夕方のニュースのようだ。

『本日上野の動物園は、赤ちゃんパンダの公開がはじまってから初めての週末を迎え、大勢の見物客で賑わいました』

そんなアナウンスとともに、行列の映像が画面に映った。その列の後ろの方に、自分と倫がいた。いかにも親しげに笑い合っていて、その様子はとても他人には見えない。

「この男は、誰だ」

もう一度聞かれた。

「……中学の同級生」

そう言うと恭一は、チッと忌々しげに舌打ちした。

「だから同窓会なんてくだらないものに行かせたくなかったんだ」

「私たちは、パンダを見てきただけで――」

「うるさい」

言い訳しようとしたが、容赦なく遮られる。

「これからは職場の飲み会含め、夜の外出はすべて禁止だ」

「それは困る。職場の付き合いは仕事と一緒でしょう」

「たいした仕事でもないくせに、なにが付き合いだ」

恭一が美術品に興味を抱いていないのはよく知っていた。でも凛は芸術を愛しているし、苦労して入ったいまの画廊で自分なりに頑張ってきた。

恭一に男尊女卑っぽいところがあるのもわかっていた。それでも彼なりに愛してくれていると思ったから、いままで交際が続いてきた。

「なんだ、その目は」

頭の後ろでぐしゃっと髪を掴まれ、上を向かされた。

至近距離で見る恭一の瞳は、憎しみに満ちていた。

「……そんなに私のことが気に入らないなら、私たち、離れた方がいいんじゃないかな」

勇気を出して言ってみると、髪を思いっきり後ろに引かれた。

「痛っ……！」

「悪いことをしたら、まず謝れよ。それが常識だろう。ああ？」

叩かれた頬が痛い。髪を掴まれている後頭部も痛い。そしてなにより、暴力に負けそうになっている心が痛くてたまらなかった。

「……ごめんなさい」

「声が小さい」

「ごめんなさい！」

半分やけになって大きな声を出すと、髪から手を離され、体を強く抱き締められた。

「俺こそごめんな。痛かっただろう」

恭一が優しげな声で言い、頭や背中を撫でてくる。

「わかってくれれば、それでいいんだ」

恭一に触れられたところが、冷たくなり凍っていく感じがする。凛は意地でも泣くまいと、歯を食いしばって耐えた。


月曜日。

化粧でなんとかごまかそうとしたが、口の端が切れているのはうまく隠せなかった。仕方なく、咳が出るのでと理由をつけてマスクをつけることにする。

あのあと恭一は、凛のスマホを隅から隅までチェックした。最近頻繁にやり取りしていたものだから、SNSの倫のアカウントはすぐにバレて、ブロックされた。同窓会用のグループからも脱会させられた。

二十五にもなって、中三のとき親にされたことと同じことをされている。もう苦笑するしかなかった。

画廊は今日から展示替えで、倫の買った版画はもういつでも渡せる。画廊のパソコンからメールでそう伝えたが、今日は来ないといいなと思った。とても彼に会える気分じゃない。

しかし凛の願いもむなしく、倫は画廊の閉店二十分前に姿を見せた。

「いつでもいいと言われると、早く欲しくて」

屈託なく笑う倫は、たぶんふたりがニュースに出てしまったことを知らない。

凛も笑い返そうとしたが、口が痛くて眉間に一瞬皺が寄るだけだった。

それを見て、倫がパッと真顔になる。

「ちょっと待ってて、いま持ち手をつけるから」

「……ああ」

いったん奥に引っ込み、倫が買った版画に段ボールの上から二本紐をかけ、持ち手をつける。

これを渡したら、倫とは二度とふたりで会わない。複数人でも、会わない方がいいだろう。メッセージのやり取りもダメだ。寂しいがしかたない。今後凛のスマホは、定期的に恭一にチェックされることになっている。

倫が画廊に来たときは、会ってもいいだろうか。凛には優良顧客を勝手に出入り禁止にする権利なんてない。

「お待たせ。はい、どうぞ」

「……ありがとう」

倫の視線は渡した版画ではなく、凛の顔を見ている。

「今日仕事のあとは用事ある？　食事でも行かないか？」

「ごめん、今日はちょっと」

「……週末は？」

「……もう、ふたりで会うのは厳しいかな」

「それは、俺をブロックしたことと関係ある？」

もう気づかれていたのか。

「昼に出したメッセージに、既読がつかなかったから、変だと思った」

「彼が、倫と連絡取り合ったり出かけたりしてるの、よく思わなかったみたいで」

倫が目をすがめて、少し黙る。

それから凛の耳元に手を伸ばしてきた。

「ちょっとごめん」

「あっ——」

マスクを耳から外され、その下にあった口元の傷と腫れが露わになった。

「これも彼が？」

凛はなにも答えられなかった。ただ気まずくて倫と目を合わせることができず、床に視線を落とす。

「こういうことはよくあるの？」

凛は首を横に振った。

「昨日が初めて」

「俺のせいか」

倫は悔しそうに版画を持っていない方の手を握り締めた。

「ううん、私のせいだよ。倫に再会してから、正直浮かれてた。浮気を疑われてもしかたないことしてたと思う」

「だからって手を出していい理由にはならないだろう」

「……倫とはもう、ふたりで会わない。そうすれば彼も元に戻るよ」

「本当にそれでいいのか？」

肩に手を置かれ、凛はビクッと震えた。

「暴力で言うことを聞かせようとするようなやつは、絶対にまたやるよ」

「でも二年も付き合ってきて、昨日が初めてだったの」

「凛」

「それに原因は私が隠し事をしていたからだし」

「凛」

「お父さんの会社、彼からずいぶん出資してもらってるんだ。だから、そう簡単に別れるとかできないし」

「凛、俺の目を見ろ」

懇願するように言われ、恐る恐る倫と目を合わせる。

「凛は、いま、しあわせか？」

既読スルーしてしまった問いを、直接口に出された。

「私は――」

答えられなかった。

自分の希望した仕事についていて、衣食住には困らず、愛してくれている恋人がいる。だから少なくとも不幸ではないと思っていた。いや、思い込もうとしていた。

恭一に画廊の仕事を軽んじられても、彼は芸術に興味がないのだからしかたないと自分に言い聞かせていた。

そのくせ、のびのびと自分らしく生活を楽しんでいる蘭が羨ましくてたまらなかった。

いま自分が恭一の子供を妊娠したとして、あんなふうに笑える自信はまったくない。

下唇を噛んで黙ってしまった凛の顔をじっと見つめて、倫が肩を引き寄せてきた。

「あ……」

一瞬抱き締められて、すぐに体を離された。

ガラス張りの入り口の向こうを、コートを着たひとたちが通りすぎていく。

「恋人がいるって聞いたとき、凛がしあわせならそれでいいと思った。でもそうじゃないなら――」

射貫くような視線をよこされ、倫から目が離せなくなる。

「俺が奪うよ」

9

瀬川倫にとって葉山凛は、中三の夏まで特に気になる存在ではなかった。

二年のクラス替えから同じクラスだったので、もちろん顔と名前は知っていたけれど、おとなしい美術部員ということしか知らなかったし、特別興味もなかった。

初めて凛に興味を持ったのは、お互いの兄と姉の結婚式で、凛の姉が元カレと脱走したときだった。

右往左往する親や、ただ茫然としている兄がおかしくて座ったまま笑いをこらえていると、凛にバレた。

呆れられるかと思ったけれど、凛が口にした「なんかごめんね、うちのお姉ちゃんが」という謝罪にも、笑えるくらい心がこもっていなかった。

帰るに帰れなくて暇だったから、双方の親が修羅場を繰り広げている間、初めて凛と長い時間話をした。

凛の話はおもしろかった。それまで倫の周りに、ロダンの話をするような女子はいなかった。倫自身には大して興味がなさそうなのもよかった。当時は取り巻きみたいなのがいっぱいいて、そういう女の子たちは倫を持ち上げるようなことばかり言う。楽しく生活してはいたが、少しだけ辟易していた。

それからの倫は、暇を見つけては凛がいる美術室に行くようになった。他の美術部員たちもいたし、迷惑かもとは思ったが、ハッキリそう言われないのをいいことに週に何度かは行って長居した。

お互いのきょうだいの縁談が破談になってからというもの、家の空気が最悪だったこともあり、あまり早く帰りたくなかった。

凛は倫がいてもいなくても、淡々と絵を描いていた。

凛の高くも低くもない一定のテンションは、倫を安心させた。

あまりに居心地がよくて、気が付いたらキスしていた。

そうしてから、自分が恋をしていることに気が付いた。

それから凛の親にやり取りをしているのがバレてしまい、そのせいでしばらく連絡が取れなくなったが、倫は倫で新しい環境になじむのに精いっぱいで、頭の片隅に常に引っかかってはいたものの凛の学校に探しにいったりはしなかった。

だから上野の美術館前で再会したときは本当に嬉しかった。仲良くなるきっかけとなったロダンの実物の前というのが運命的だと思った。

凛は再会しても、凛だった。群れずにひとりで観たいものを観にきたという感じで、なんというか、かっこよかった。

凛がバスケの試合を観にきてくれたときは、普段の三倍は頑張れる気がした。

初めて凛とセックスしたときのことは、細かいことまで全部覚えている。お互い初めて同士で、とても手際がよかったとはいえないが、その分やっとひとつになれたときの感動はひとしおだった。

——結局それが原因で引き離されてしまったのだが。

アメリカ行きになんの抵抗もなかったわけではない。英語力にはそこまで自信がなかったし、当然凛に会えなくなるのだって嫌だった。

しかし、葉山家への外泊がバレたときに父が言った言葉が胸に刺さっていた。

『なんの責任も取れない子供が、意見を言う権利などないと言っているんだ！』

その通りだ。

衣食住、すべてを親の世話になっている分際で、もしかしたら妊娠させてしまったかもしれない行為をしたのは軽率だった。

だったら、自分のしたことは自分で責任をとれる大人になってから、堂々と凛を迎えに行こう。そう決心して、留学した。

自分で決めたことではあったが、外国暮らしは想像していた以上にきつかった。言葉だけでなく風習も違うし、いろんな人種が混ざっている学生たちのなかに入っていくのはしんどかった。しかも授業はすべて英語だ。大量の宿題にも悩まされた。

それでも一年経つころにはなんとか授業についていけるようになり、大学もそのままアメリカで進学し、修士課程まで進んでＭＢＡを取ってから帰国した。

いま倫の手には、興信所からの報告書がある。

十日間恭一に張り付いてもらった、その結果だ。

凛や倫より十歳年上の彼は、飲食業を中心に事業を展開している、いわゆる青年実業家というやつだった。写真も添付されているが、そういう人種にありがちな、よく言えば自信に溢れた、悪く言えば傲慢そうな濃い顔をしている。

人脈はそこそこ広く、しょっちゅう仕事絡みのゴルフや飲み会に興じている。

その反面、純粋に友人といえる相手はいなさそうだ。

ひとりっ子で、両親は健在。仲は普通。

凛以外の女性との付き合いが明らかになると一番話が早くてよかったのだが、残念ながらそういう相手は見つからなかった。意外と一途なようだ。

仕事のあと、週に二、三回は凛の住んでいるマンションに通っている。凛が向こうへ行くことはこの期間内だと一度もなかった。

仕事の評判はあまりよくない。経営者仲間や銀行員には腰が低いし気も使うが、自分の会社の社員である店長たちやアルバイトには横柄な態度で接し、少しでも数字が目標に達しないと大声で怒鳴りつけるタイプで、人望はない。

昨年ナンバーツーだった社員が急に辞めているのだが、どうも社内で殴られたことが決定打になったらしい。

外ではいい顔をして、身内には傲慢。

凛にはいままで外での顔を見せてきていたのが、倫の登場で苛立ち、本性を出してきたという感じか。

一刻も早く別れさせたいが、これは別れ話を家でさせては絶対にダメな男だ。凛になにをされるかわかったものじゃない。

人目のある静かな飲食店で、できれば昼間であるともっといい。

同棲や結婚の話を匂わされてはいたようだが、幸いにもまだ婚約はしていないから、婚約不履行で賠償金を請求されることはない。

スマートフォンで連絡を取り合うことはできないので、凛の昼休みを狙って画廊に直接顔を出した。

「倫……」

十日ぶりに会う凜の顔は、すっかり元通りに治っていた。だからといって恭一のしたことに対する怒りは消えないが。

「昼ご飯、外で食べられる?」

「うん、大丈夫」

財布だけ持った凜と、すぐ近くにあるカフェに入り、日替わりランチをふたつ頼んだ。

「その後はどう? 叩かれたりしてない?」

「うん……なんか、少し気持ち悪いくらい優しくなった。いままでそんなことしたこと一度もなかったのに、食事のあとに食器片付けたりして」

典型的なDVのハネムーン期だ。

そして凜もそれをわかっているようだった。

「あれからずっと考えていたんだけど……恭一さんと付き合っていくのは、もう無理だと思う。叩かれたときの彼の血走った目や、引きつった表情が忘れられないの。いまは優しくされていても、またいつあんなふうになるのかと思うと、怖くてしかたなくて」

「……うん」

「ただ、恭一さんがお父さんの会社に出資してくれているっていうのが、引っかかっていて……小さい会社とはいえ、社員が十人はいるのに、お給料払えなくなっちゃったらどうしようかと思うと、どうしていいのかわからなくなる」

「冷たい言い方に聞こえるかもしれないけど、本当に凛が恭一さんと別れることでダメになってしまうような事業なら、もうダメなんだと思うよ」

「えっ」

「資金が足りないなら、事業計画をちゃんとわかりやすくまとめて、銀行に相談するべきだ。ポッと出の青年実業家に頼るのではなく」

凛の親だって、娘をDVの犠牲にしてまで事業資金を得ようとは思っていないはずだ、と思いたい。

「……正直なところ、お父さんの会社がいまどういう状態なのか、私にはわからない。恭一さんに手を引かれたら本当にダメになってしまうのかも。だけど、私さえ耐えれば――って考えるのは、健全じゃないなってやっと思ったの」

そう思ってくれてよかった。

ビジネスとはいえ、身内がやっているとどうしても情が絡む。それで引き時を間違えた経営者を倫は何人も見た。

「明日ね、恭一さんから久しぶりに外で食事しようって誘われているの。いつも家で食べたがる彼にしてはすごく珍しいことなんだけど……その場で、別れ話ができたらって思ってる」

「そうだね。自宅では絶対にしない方がいい。大丈夫？　俺も行こうか？」

「ううん。倫とのことはあくまできっかけであって、これは私と彼の問題だから」

きっぱり言い切った凛は、その名の通り凛としていた。

10

倫が画廊に来た翌日、凛はおしゃれをし、気合いを入れて普段より濃い目のメイクをした。

これは武装だ。心が負けないための。

外での食事、しかも明るい時間のランチ。

別れ話をするのにこれ以上都合のいいシチュエーションはない。人目があるところなら、たぶん恭一は激高しないだろう。そういうひとだ。

勇気が欲しい。

高校生のとき倫からもらったピンキーリングをはめて、ちゃんと別れられますようにと祈る。これをもらったときの凛は、自分の気持ちに正直で、まっすぐに生きられていた。

恭一と一緒にいると、自分がとても無力な存在に思えてしまう。

付き合いはじめはよかった。ぐいぐい引っ張ってくる恭一といると、インドア派の自分の視野が広がっていく感じがした。少し強引なところも、頼もしいと思っていた。

小さな違和感を覚えはじめたのは、交際して一年が過ぎた頃だ。

凛を褒める言葉やお礼の言葉が、恭一の口から出ることがだんだんと減っていった。代わりに、箸を出し忘れたなど小さな失敗をあげつらい、俺がいないとなにもできない女だと思うように徐々に誘導されていった。

このまま恭一と結婚なんてしたら、一生恭一の顔色を窺って生きていくことになる。心のどこかでそう思っていたにも拘らず、もめるのも怖くてずるずるとここまできてしまった。

倫と再会したことで、凛はいまの自分がどんなに萎縮して暮らしているのかよくわかった。倫といると心が軽くなる。

スマートフォンが震えた。恭一からのメッセージだ。あと十分ほどで着くという。彼の車に乗って、店に行くことになっている。

恭一の車に乗る、これが最後の機会かもしれない。ちゃんと別れられれば、帰りは別々になる。

ちょうど十分後にマンションの下に行き、恭一の車の助手席に乗り込む。車はすぐに滑るように走り出した。

「今日はちょっと化粧が濃くないか?」

ちらっとこちらに視線をよこして恭一が言った。目ざとい。

「そうかな。へん?」

「いや。全然いいよ、華やかで」

普段の恭一なら、少し嫌な顔をしそうな場面なので、心のなかで驚く。顔には出さない。

「今日はどういうお店に連れていってくれるの?」

「和食。半個室で落ち着いた店だよ」

たまの外食にはイタリアンや中華を選びがちな恭一にしては珍しい選択だ。

二十分ほど車を走らせたところで、落ち着いた構えの店に着いた。入り口の引き戸を引いて、なかに入る。

入ってすぐのフロアには普通のテーブル席が並んでいる。半個室は店の奥にあるようだ。恭一が予約名を言い、店員に奥へと案内された。

廊下の一番奥まで行き、暖簾がめくられたところで、凛は固まった。

「えっ……」

先客がいる。四人。

そのうちふたりは、凛の父と母だ。残りのふたりははじめて見る顔だが、年齢的に恭一の両親ではないだろうか。男性はかなりのビール腹で女性は逆に凛よりもだいぶ細い。

「あの……恭一さん？　これはどういうこと……？」

「とりあえず座って」

恭一は動揺する凛の背を押し、下座に座らせた。

凛は助けを求めるように母を見たが、母はよそゆきの笑みを浮かべて恭一を見ている。

父も笑顔で向こうの父親と会話していて、まるで助けにならない。

「お食事のご用意、させていただきますね」

こちらもまた笑顔の店員が、前菜をテーブルに並べていく。

みんな笑顔だ。

凛以外。

「それじゃ、改めて紹介するよ。こちらが俺がお付き合いさせてもらっている葉山凛さん。凛、こっちはうちの両親だ」

「は……初めまして、葉山、凛です……」

場の空気に呑まれ、凛は自己紹介して頭を下げた。

「かわいらしいお嬢さんだな。どうぞよろしく」

恭一の父親が凛を見て目を細める。

凛の顔は強張っているはずだが、緊張していると捉えられているのか、誰も気にする様子がない。

次々と料理が運ばれてくる。

いったいなにが起こっているのか、凛がまるで消化できないまま、食事会はなごやかに続く。

こんな場で、いつ、どうやって別れ話を切り出せばいいというのか。

凛は途方に暮れた。だが、食事会が滞りなく済んでしまったら、両家の顔合わせがうまくいったということになってしまうだろう。

機嫌よさげに父と酒を酌み交わしている恭一に目をやる。

凛が自分から離れていきそうな気配を感じて、この場を仕組んだんだろうか。だったらその目論見は大成功だ。別れ話をする勇気が、しおしおと萎んでいく。

今日でなくともいいか。また今度、恭一とふたりで出かける機会を作って、そのときにでも別れを切り出せば――と、結論を出すのを先延ばしにしようと考えはじめた凛だったが、デザートを食べ終わったタイミングで恭一が取り出したターコイズ調のブルーの小箱を見て凍り付いた。

恭一がもったいつけたようにゆっくりとリングケースを開く。

見事な一粒ダイヤのエンゲージリングが、そこにセットされていた。

「まあ、すごいダイヤ……！」

母が隣で歓声を上げる。

改めて同席している両親たちの顔を見回す。誰も凛が受け取ることを疑っていない。

手が震える。

絶対に受け取るわけにはいかない。これを受け取ってしまったら、婚約したということになってしまう。

「わ、私は……」

「受け取ってくれるよね」

恭一が当然受け取るだろうという口調で言う。口元は笑っているが、目は笑っていない。

凛は膝の上で握り締めた左の拳を見た。小指には、倫からもらったピンキーリングがはまっている。

ぎゅっと目をつぶり、凛は勇気を振り絞って、掠れた声で言った。

「――ごめんなさい。受け取れません」

周囲の空気が凍ったのがわかった。

「凛っ!?　あなた、なにを言っているのっ」

隣で母がおろおろしている。

「……冗談だよな?」

恭一の声が低くなる。彼のなかで怒りが渦巻いているのが伝わってくる。

怖かった。怖くてしかたなかったが、凛はまぶたを開き、恭一の血走った目をまともに見つめ返した。

「ごめんなさい、恭一さん。私はあなたとは、結婚できません」

一言一言、区切るように、ハッキリと口にする。

言い終わった瞬間、恭一にカッと火が付いたのがわかった。

「あの男のところに行くつもりか？　許さないぞ！」

恭一の右手が上がる。

――叩かれる。

衝撃に備えて、凛は目をつぶり歯を食いしばった。

しかし衝撃は訪れない。

恐る恐る目を開けると、倫が恭一の右手を摑んでいた。

「倫っ」

突然の彼の登場に、凛は驚いた。

「えっ、倫くんか？」

凛の父親が目を丸くしている。

「凛、まさかあんた、また倫くんと――」

倫が母の言葉を遮る。

「いま見ていましたよね？　この男が、気に入らないことがあるからってお嬢さんに手を上げたところを。こういうことは、今回が初めてじゃありません。それでもまだ、この男と婚約させるつもりですか」

「お前のせいじゃないか！　お前のせいで、凛は変わってしまった……たった一回叩いたくらいでなんだっていうんだ！」

恭一は倫に噛みつかんばかりの勢いで唾を飛ばしたが、倫は一歩も引かない。

「まっすぐで自由だった本来の凛を変えたのはお前だ。凛はもとの自分を取り戻しただけだ。凛、行こう。こんなところにいてはダメだ」

「あ……」

凛は反射的に椅子から立ち上がった。

「凛、お前が逃げたら、お前の父親の会社への出資を引き揚げるぞ」

倫に右手を摑まれたまま、恭一がすごんでくる。

「どうぞ」

倫は恭一の手をぽいっと捨てるように離した。

「必要なら、代わりに僕が出資します——凛っ！　行こう！」

力強く凛に呼びかけ、倫は急ぎ足で出口へと向かう。

凛は倫のあとに続いて、弾かれたように店の廊下を走り出した。

体が羽のように軽い。

いっぱいに伸ばした凛の手を、倫がしっかりと掴む。

ふたりの足が店の外に出た辺りでやっと、恭一と両親たちがハッと気づいたように動き出した。

「凛、待てっ！」

まずは凛の父が、足をもつれさせながらふたりを追ってきた。

「ま、待ちなさい、凛！」

「凛さん、どこへ行くんだ！」

母と、恭一の両親がそれに続く。

駐車場の一番出やすいところに止めてあった倫の車にふたりで飛び込むように乗り、五人を振り切る。

五人の姿があっという間に見えなくなり、笑いが込み上げてきた。

「ふ……ふふ、あははは」

隣で倫も、笑いをこらえるような顔をしている。

「お姉ちゃんに、謝らなきゃ」

「どうして？」

「私、結婚式の当日に逃げ出したお姉ちゃんのこと、短慮で衝動的だって内心ちょっと馬鹿にしてたの。破談にするなら、もっと早くちゃんと話し合ったりするべきだったって。

でも、私だって変わらないよね。両家顔合わせから当日逃げ出したんだから」

「だけどだまし討ちみたいなものだろう、今日のは」

「それでもだよ」

体の奥底から突き上げるような衝動に抗えなかった。

いまなら、なにもかも捨てて元カレと逃げて行った姉の気持ちが少しはわかる。姉もきっと、両親たちを振り切ったあと、車のなかで笑っていたに違いない。

いま凛の胸にあるのは、少しの罪悪感。そして圧倒的な解放感だった。

「気持ちいいーっ！」

窓を開けて大声を出す。

寒い寒いと倫が騒ぐのを見て、また笑った。

倫となら、どこへでも行ける気がした。

11

恭一にも親にも合鍵を渡してはいないとはいえ、今日はさすがに凛の家には帰れない。

倫の実家の方にも両親から連絡がいっている可能性が高いから、倫がひとり暮らしをしているマンションに行くのもやめておいた方がいいだろう。

弁護士を挟んで話し合う態勢が整うまでは、ということで、ふたりはとりあえず都内のホテルを三泊予約した。

フロントでカードキーをもらい、エレベーターで十一階まで上がる。

廊下を足早に歩き、部屋に入った瞬間、倫が凛をきつく抱き締めてきた。

「……無事でよかった」

「一発くらい叩かれてた方が、話が早かったかも」

「嫌だよ、凛が傷つけられるのを黙って見てるなんて」

「ごめんなさい」

素直に謝ると、ひょいっと体を横抱きにされた。そのまま奥の部屋の大きなベッドに連れていかれ、仰向けに寝かされて、ぽいぽいと靴を脱がされた。

凛は手足から力を抜き、天井を眺めて、大きく深呼吸した。

まだまだ問題は山積みだけれど、解放感がすごい。ベッドからふわふわと浮き上がってしまいそうだ。

「いまなに考えてる?」

倫も天井を眺めたまま尋ねてきた。

「私……いままで恭一さんとの付き合いで引っかかることがあっても、お父さんの会社のことが頭に浮かんで、あんまり強く意見を言えなくて。私がちょっとだけ我慢すれば、みんなうまく回るんだったら、それでいいかなって思ってた」

「うん」

「でも倫と再会して、すごく楽しいと思える時間が増えて……ああ、私いままでちょっとじゃなくてかなり我慢してたんだって気づいたの」

「……うん」

「いきなり逃げちゃって、お父さんには申し訳ないと思ってる。私がそこまで我慢してたなんて知らなかっただろうし。だけど恭一さんが私のこと叩こうとしたことで、私たちがどんな関係だったのかはわかってくれただろうって信じてる」

「うん」

「あと、冷たいようなんだけど……お父さんの会社の問題はお父さんが考えるべきで、私が自分の問題みたいに捉えて悩むのは違うんじゃないかって思って」

「『課題の分離』だな。心理学でいうところの」

「そうそう」

倫に話していると、いろんな問題がもつれあっていた自分の頭のなかが、整理されていく。

「ありがとう、倫」

凛は体の向きを変えて、倫の手を取った。さっき自分の手を強く引いて外の世界へ連れ出してくれた、たくましい手だ。中学のときから変わらない、少し皮が厚くて、体温の高い手。

「私がどんな私だったか、思い出させてくれて」

倫が凛の左手を取り、小指に口づけてくる。

「ふたりのあとをつけて店まで来て、少し離れたテーブル席から、ひとりで食事しながらいつ話に割って入るか様子を窺ってたんだけど、鷹田がエンゲージリングを取り出したときには動揺した。一瞬頭のなかが真っ白になった。よくあの状況で『受け取れません』ってすぐ言えたよ。やっぱり凛は強い」

「一瞬その場の空気に流されそうになったけど、受け取っちゃったら婚約が成立しちゃうと思って、必死だったの」

「もし受け取っていたら、今頃もっと面倒なことになっていた。拒否できたおかげで、凛とあいつは婚約破棄した元恋人ではなく、ただの別れた男女になれた」

「恭一さん、私のこと追ってくるかな……」

最後に見た、恭一の血走った目と引きつった表情を思い出す。

「わからないけど、引っ越してしまえばそれ以上は追ってこないんじゃないかと俺は思ってる。ああいうプライドの肥大したタイプの男は、自分が縋るような真似をすることに耐えられないんじゃないかな」

凛は結婚式当日に姉に逃げられた倫の兄のことを思い出した。

「お兄さん……理さんは、お姉ちゃんのこと探したの？」

「兄貴というか、親は一週間くらい興信所に頼んでたよ。それで思い出したんだけど、お姉さんと結婚しようとしていたとき、兄貴にはどうやらあとふたり、付き合っていた女性がいたらしいんだ。それを知って、両親はすぐに捜索を打ち切った」

俺がそれを聞かされたのは最近だけど、と倫は付け足した。

「ふたりも!?」

「うん。もともと女性関係にちょっとだらしないひとではあったんだけど、結婚を機に落ち着くつもりなのかと思ったら、全然そんなことはなかった。お姉さんがそれを知っていたかはわからないけど、なにか変だと勘づいていたのかもしれないね。だから、凛の家があの破談について一方的に申し訳ないと思う必要はまったくないんだ」

「そう……なんだ……」

姉が浮気されていたことを喜ぶのは不謹慎かもしれないけれど、肩の荷が下りた感じがした。高校生時代、倫が凛の家に無断外泊したのはふたりとも悪かったのだし、これで両家のバランスはだいたいつりあった。

「……そろそろ、いいですか」

「え、なにが？　なんで敬語？」

「俺部屋に入ってからずっと我慢してて、もう限界なんだけど」

倫の手が凛の頬を撫でる。その手つきでなにを求められているのか察し、凛は頬を赤くした。

「あ……」

「キスしていい？」

「キスだけ？」

「その先も」

「……いいよ」

倫が覆いかぶさってきて、じっと凛の顔を見下ろした。優しいその目の奥には、情欲が宿っている。

凛はまぶたを閉じて、倫の首に腕を回した。倫の顔が下りてきて、ふたりの唇が重なる。

「んん……」

柔らかな唇が、何度も優しく押し当てられる。

八年ぶりの倫とのキスに、鼻の奥がツンとしてきた。凛は倫の頭を掻き抱き、鼻をすすった。

「凛？」

「……倫とまたこんなふうになれる日がくるなんて、思ってなかったから」

嬉しくて、頭がどうにかなってしまいそうだ。

「俺は、またこういう関係になるって信じてたよ」

「そうなの？」

「『恋人がいるって聞いたとき、凜がしあわせならそれでいいと思った』って前に言ったけど、本当はそれでいいなんて全然思ってなかった。だって俺より凜のことを好きな男がいるはずないいから。相手がたとえどんないいひとでも、隙を見て奪う気満々だったよ」

倫のなかなか勝手な言い分に、凜は彼を抱き締めながら笑ってしまった。

「だったら、もっと早く迎えに来てくれたらよかったのに」

「それは本当にそう。アメリカの大学院に行ったところまではしかたないとして、去年には帰ってきてたんだから、すぐにどうにかして凜を探し出すべきだった」

とはいえ、凜は中学時代の同級生との連絡を絶っていたし、倫が凜の実家に問い合わせたところで門前払いになるのは目に見えている。同窓会でもないと、再会のチャンスはなかっただろう。蘭にはいくら感謝してもしたりない。

「仕事に慣れて落ち着いたら、興信所を使おうとは思ってたんだ」

「そっか、そういう手もあるんだね」

「今回使ったよ。鷹田がどんな男なのか調べるために。おかげで良心が痛むことなく凜を奪うことができた」

倫が甘えるように頬ずりしてきた。彼の体温が気持ち良くて、凛は目を細めた。

「凛、このワンピースどうなってるんだ？」

「後ろのファスナーを下ろさないと脱げないの」

凛は倫の下でうつ伏せになった。首の後ろから腰の辺りまで、ツーッとファスナーが下ろされていくのがわかる。もう一度向きを変えて仰向けになると、ワンピースは脚の方から引き抜かれた。

下着だけの姿になった凛を、倫がとろけそうな顔をして見ている。

「綺麗だ」

まじまじと見られると恥ずかしいのだが、倫があんまり嬉しそうにしているから、なにも言えなくなる。

再び覆いかぶさってきた倫が、凛の背中に手を回してブラジャーのホックを外した。支えを失った乳房がまろびでて、それを支えるように両手で寄せ集められた。

「……高校のときより大きくなった気がする」

「育ったからね。二カップくらい」

「やっぱり」

倫は乳房の間に顔を当て、左右から乳房を押して両頬で弾力を楽しんでいる。

「……最高」

温泉にでも入ったときみたいな口調で言われ、凛は思わず吹き出した。

「楽しそうだね」

「楽しいし気持ちいい。いつまでもこうしていたくなる。これはひとをダメにするおっぱいだ」

胸を左右から寄せ集められ、もにゅもにゅとついでのように揉まれる。さらに指先で乳首を軽く引っ掻くようにされ、凛はビクッと体を震わせた。

「凛も気持ちいい？」

「……くすぐったい」

「わかった、真面目にやる」

片方の胸の頂点に倫が吸いついてくる。さらに乳首の根元を甘く噛まれ、凛は「ああっ」と声を上げた。

「フフッ、いい声」

もっと聞かせてくれ、と倫は一方の乳首に舌を這わせ、もう片方を指で転がす。

ピリピリとした快感が、胸の先から体全体に広がっていく。

「んはっ……ああん……んっ、くうぅ……」

どこに手をやればいいのかわからなくて、倫の後頭部をぐしゃぐしゃ掻き混ぜる。シャンプーと倫自身の匂いが混ざったような香りがして、安心した。

舌で乳房を舐め回しながら、倫が右手を下に下ろしていく。あばらをなぞり、ウエストを確かめ、へそを掠めて、ショーツのなかに入ってきた。

緩く脚を開いて、迎え入れる。

割れ目に触れた倫の指がぬるりと滑ったのがわかり、羞恥で膝を擦り合わせてしまう。

「脚、開いて」

耳元で囁かれ、ぴちゃりと耳たぶを舐められる。

「んん……」

恐る恐る膝を開くと、倫の指が奥の方まで侵入してきた。蜜液の源泉で指先を遊ばせ、ぴちゃぴちゃと音を立てられる。耳を舐めている舌は、先を尖らせて穴のなかに入ってくる。

「んあっ……！　あ、ああっ……！」

上からも下からも淫らな水音が立つのを聞かせられ、恥ずかしくてたまらないのに、もっとしてほしいと思ってしまう。

指先がもっとも敏感な肉芽を掠めるたびに、ねだるように腰が揺れる。

「……たまんない」

ボソッと言って、倫が凛の耳から口を離した。割れ目に食い込んでいた指も離れていったと思ったら、じっとりと愛液の染みたショーツを下ろされ、足先から抜き取られた。

全裸になった凛の脚の間に入り、両膝の裏をぐいっと持ち上げてくる。

「えっ」

凛が驚いている間に、倫の頭が下りてきて、濡れまみれた秘苑に口づけられる。

「まっ、待って！」

「ん？」

「シャワー、浴びてないっ……！」

じたばたと暴れてみたが、凛を上から押さえつけてくる手の力は緩まない。

「うん、凛の味がする」

蜜液を舌で掬い取るようにして、倫が笑った。

「っ……！」

凛が恥ずかしすぎて逆に動けなくなったのをいいことに、倫は好きなように割れ目のなかを舐めまくる。

「あっ、あああっ」

凛は全身から汗を吹き出して喘いだ。

こんなに恥ずかしいのに、気持ちがよくてたまらない。あそこから湧き出た快楽が毒のように体を巡り、凛の背中をビクビクと震わせる。

「すごいな。舐めても舐めてもきりがない」

嬉しそうに言って、倫が凛のなかに指を二本沈めてきた。

「凛のなか、熱い……指が溶けそうだ」

ゆっくりと指を出し入れされ、同時に親指で尖りきった肉芽を転がされる。凛は膝から下を突っ張らせて「ああっ」と大きな声を上げた。

「ここに入れたい……入れていい?」

熱っぽく囁かれ、何度も頷く。このまま指でイカされてしまうより、凛も倫と繋がりたかった。

「来て、倫……」

「ちょっと待って」

倫は自分の着ているものを雑に脱ぎ捨てた。鍛えているらしく、引き締まった体はかっこよかった。高校生のときに見たまだ少年らしさを残した体ではなく、もう完全に大人の男性らしい体つきだ。

「すごいね、腹筋割れてる」

「凛にがっかりされたくないからさ。これでもけっこう必死なんだ」

どこから取り出したのか、倫はコンドームの袋を口に咥え、ビリッと嚙み破った。そして手早く自身のものにコンドームを被せ、改めて凛にのしかかってきた。

肉棒の先端に蜜液を塗り付けるように、割れ目をなぞられる。それだけであそこがキュッと締まり、とろりと愛液がお尻を伝ってシーツを濡らしたのがわかった。

「いくよ……」

優しいが上擦った声だった。

硬いものの丸みのある先端が、入り口に押し当てられる。

「あっ……」

じわじわと、倫が体重をかけてくる。閉じ合わさっていた穴は従順に太いものを飲み込んでいき、すべてをなかに収めた。

「入った」

「うん……うん……」

粘膜を押し開かれた苦しさも異物感も、体の内側で感じる倫のたくましさも、すべてが嬉しかった。

感極まって、凛は目を潤ませながら倫の背中を掻き抱いた。

「凛、泣いてる……痛い？」

「ううん、嬉しいの」

もっと深いところまできてほしいくらいだ。凛は倫の腰を脚で引き寄せた。そうすると自然になかが締まり、倫が気持ち良さそうに呻いた。

「俺も嬉しい……動いても大丈夫そう？」

「うん、大丈夫」

凛が返事をするなり、倫は深く埋め込んでいたものをぎりぎりまで引き抜き、ずんっと突き入れてきた。

「んああっ」

奥の壁を突き上げられ、衝撃で目の前がチカチカした。

「すごい、凛のなか、熱くて気持ちいい……」

凛を気遣う余裕をなくした倫が、激しく腰を叩きつけてくる。凛は倫にしがみついて、舌や指での愛撫とは比べ物にならないような快楽に耐えた。

八年前、初めて倫とセックスをしたときは、ふたりとも手順をこなすので精いっぱいで、快楽を追うのは二の次という感じだった。

しかしいまは違う。本能が求めるままお互いを貪り、ドロドロとした快楽に浸りきっている。

上体を起こし、凛の太股を抱え直して、倫が何度も欲望の塊を送り込んでくる。凛の粘膜は彼が入ってくるたびきつく絡みつき、貪欲に悦びを得ようとしているかのようだ。

「気持ち、いいっ……溶けちゃう……」

凛の半開きの口から、喘ぎと一緒に唾液が垂れ落ちる。倫はそれを丁寧に舐めとって、愛おしそうに口づけてくる。

「俺も無茶苦茶気持ちいい……かわいい、凛……」

繋がっているところから、倫がどんなに自分のことを思ってくれているのか伝わってくる。多幸感に、再び涙が溢れてきた。セックスがこんなにしあわせなものなんて、知らなかった。いつまでもこうしていられたらどんなにいいだろう。

汗でぬめるお互いの体を抱き締め合い、さらなる高みを目指す。

「あっ……ああっ、だめ、イッちゃいそう」

倫を包む粘膜が、勝手にきゅうきゅうと収縮しているのがわかる。

「イッて、俺ももうっ……」

余裕のない声。凛のなかで、倫のものが一回り大きく膨らんだのがわかった。

彼もイキかけているということが凛を高ぶらせる。ひと突きされるごとに階段を上がるように絶頂に向かっていき、やがて体中が快楽で満たされ、目の前が真っ白になった。

「んあっ……あ、あああっ……！」

「くっ、締まるっ……！」

絞り出すように言って、倫は凛の一番深いところまで肉棒を突き入れて腰の動きを止めた。凛は彼のものがなかで脈打っているのを、敏感になった粘膜でハッキリと感じた。

目を覚ますと、窓の外はもう暗くなっていた。

半分寝ぼけながらベッドを下りようとした凛の腰に、倫の腕が巻き付いてきて阻止される。

「……まだいいだろ」

「スマホ見た方がいいかなって」

「きっと鬼電入ってるよ。凛にも俺にも」

クックッと倫が楽しそうに笑う。

たぶんそうだろうなと凛も思い、まだ掛け直す気分にはなれないので、おとなしくベッドに戻った。

倫が腕枕をしてくれ、額にキスしてくる。

「私たちって、親不孝者なのかな」

「子供がしあわせになることが、一番の親孝行だろ」

「そう、だよね」

いますぐわかってもらうのは無理かもしれないけれど、きっといつかわかってくれると信じたい。

「……凛」

真面目な声で名前を呼ばれ、倫と目を合わせる。

ピンキーリングをはめた手を、ぎゅっと握られた。

「俺と、結婚してくれる？」

しあわせで胸がいっぱいになり、凛は返事の代わりに倫に深く口づけた。

12

それから三日後。

両親の頭が多少冷えたかという頃合いを見計らって、今度は葉山家と瀬川家で話し合いの場を持つことにした。

場所は料理屋ではなく、瀬川家の顧問弁護士の事務所の応接室だ。

倫と凛は、お互いの両親が揃ったタイミングで、応接室に入った。

わかってはいたが、なかの空気は最悪で、怯みそうになる。母などいまにも噛みついてきそうな顔をしているが、第三者である弁護士がいてくれるおかげでなんとか抑えている。

「――今日はお忙しいなか、俺たちのために集まってくれて、ありがとうございます」

倫が頭を下げたので、凛も隣で同じようにした。

「まさか、また葉山さんちと関わることになるとはな」

倫の父親が苦い顔をしている。

「それはこちらのセリフですよ」

と、凛の父親も渋い顔をしている。

両家が揃うのは凛と倫が高校二年のとき、無断外泊がバレたとき以来だ。

「今日は相談じゃなくて、報告のために来てもらいました」

倫がソファに腰を下ろした。凛もその隣に座って、背筋を伸ばす。

「俺たち、結婚します」

きっぱりとした口調で、倫が宣言する。

凛の両親はある程度予想していただろうが、倫の両親にとっては寝耳に水だったらしく、ぽかんと口を開いた後でソファからガタッと立ち上がった。

「なにを言っているんだ、お前はっ……そんなこと、許すはずがないじゃないか。葉山さんとうちにいままでなにがあったのか、忘れたわけじゃないだろう」

首元に摑みかからんばかりの勢いで言われても、倫は淡々としていた。

「あ、これさっきも言ったけど、相談じゃなくて報告だから」

話にならないという感じで、倫の父親が凛の父親の方を向く。

「葉山さん、お宅はなにか言うことはないんですか」

両肘を太股の上に置いて、父は渋い顔をしている。

「うちだって混乱しているんです。他の男性との両家顔合わせから、お宅の倫くんがうちの娘を連れ去ったのが、たった三日前ですからね」

「倫っ⁉　お前、なんてことを……！」

「凛」

三日ぶりに会う父は、少しやつれていた。さすがに心が痛む。

「はい」

「恭一くんは、人前であんな恥をかかされてまでお前との付き合いを続けるつもりはないと言ってきたよ」

「……はい」

凛はホッとした。ストーカーにはなれないくらい恭一のプライドが高くてよかった。

「慰謝料の話も出たけれど、まだ婚約はしていなかったのだからと、私が突っぱねた。うちの会社に出資していた資金はすべて引き揚げると言われたが、それは当然だから了承した」

「当然って、来月からの資金繰りをいったいどうするつもりですかっ！　社員の給料が払えないなんてことになったら……」

母がヒステリックにわめきたてるが、父の方はまだ落ち着いている。

「銀行に相談に行くさ。いくら条件がよくても、娘を殴られてまで金を借りたいとは思わない」

「それは……そうですけど……」

あの席で恭一が激高してくれたのは、効果があったようだ。

「親子ともども、二度と目の前に現れるなと言われたよ。清々すると答えておいた。こちらだって二度と関わりたくないからな」

父はどこかスッキリした様子だ。恭一からうっすら見下げられていたのはわかっていただろうから、縁が切れて清々しているのは本当なのだろう。

「そちらの事情はだいたいわかりましたが、葉山さんはこのふたりの結婚を許すおつもりですか？」

「ふたりの非常識で衝動的な行動を見る限り、まだ結婚は早いのではないかと思っています。瀬川さんはどう考えていますか？」

「倫は将来、うちの会社を継ぐ男です。わざわざ因縁のある相手を選ばずとも、なんの問題もないお嬢さんをもらった方がいいと正直思っています」

両家の意見は、だいたいのところで一致していた。

だからといって倫と一緒になるのを諦めるつもりなど凛にはないが、できれば祝福してもらいたかったというのが本音だ。

とそこへ、コンコンとノックの音がした。

扉が開き、入ってきたのは凛の姉である愛華と娘の美優だった。

「失礼しまーす」

「お姉ちゃんっ？」

軽いノリで入ってきた姉を見て、全員が驚く。

「ご無沙汰してます、愛華さん」

「倫くん、久しぶり。男前になったね」

「愛華さん……よ、よくも私たちの前に顔を出せたものだな」

倫の両親が、顔を赤くして眉を吊り上げた。

「うちと瀬川家の関係が悪くなった元凶は私と理さんだと思ったので、来てみました」

「来てみましたー」

わけのわかっていない美優が、愛華に抱かれてニコニコしている。

子供の前では声を荒らげづらいからか、部屋の空気がわずかにやわらぐ。

「まず、十年前は結婚式当日に会場から逃げ出すなんてことをしてしまい、申し訳ございませんでした」

美優を抱いたまま、愛華はぺこりと頭を下げた。

「ですが、私にも言い分はあります。あの頃の私と理さんは、もうダメになりかけていました」

「だったら、もっと早くに破談の話し合いをするなりできたでしょう！」

倫の母親が食ってかかる。

愛華は動じなかった。

「それは本当にそうです。やっぱり破談にしようと言い出せないままずるずる当日になってしまったのは、私の弱さです。そして——結婚式当日になっても私以外の女性との関係を切れなかったのは、理さんの弱さです」

「くっ」

知っていたのか、という感じで、倫の両親が勢いをなくす。代わりに凛の両親が顔色を変えていきり立った。

「なんだそれは、聞いていないぞ」

「言ってなかったからね。私としては結婚式までに別れてくれればと思って黙認してたし、結局切れなかったからといって、元カレとよりを戻した私もどうかしてたと思うし」

美優をあやしながら、愛華は淡々と説明した。姉にとってはもう十年も前のことだ。怒りや迷いはすっかり過去の感情なのだろう。

「それで、ここからがわざわざ出向いてまで言いたかったことなんだけど……私と凛はべつの人間だし、倫くんと理さんも別の人間でしょう。私と理さんがダメになったからといって、凛たちまでダメだって頭ごなしに言うのは違うと思うの」

「お姉ちゃん……」

衝動的で短慮だと思っていた姉がまともなことを言うのを初めて見た。

「ありがとうございます、お義姉さん」

凛の隣で倫が頭を下げた。

「いいじゃないですか。凛はちゃんと元カレと切れたんだし、倫くんは他に何股もかけたりしていないし……してないよね？」

「してません！　凛一筋です！」

「そう、よかった」

愛華がにっこりと笑う。

「だったら、倫くんも凛ももう二十五歳ですし、周りがどうこう言うことじゃないですよね」

「いや、しかし……」

なにか言いかけた父親を遮り、倫が身を乗り出す。

「そう、俺たちはもう自分のことは自分で決められる年齢だ。親父、これ以上反対するなら、本当に家を出る」

「倫っ」と倫の母親が悲鳴のような声を上げた。

「会社は兄貴に継いでもらうといい」

ぐぬぬ、と倫の父親が呻く。

「凛……そんなに倫くんのことが好きなのか」

「はい。もう、倫のいない人生は考えられないくらい」

父の目をまっすぐに見つめ返してきっぱりと言った。

母が諦めたように天井を仰ぐ。

「凛ちゃっ、おめでとー」

美優が小さな手でパチパチと拍手してくれた。

ありがとう、と声を震わせた凛の手を、倫が優しく包んでくれた。

13

3LDKの新居は、すっかり片付いた。

倫とふたりで選んだ家具が並ぶリビングを眺めて、凛は笑みを浮かべた。テーブルやサイドボードはウォールナットで揃えた。ソファは落ち着いた布張りで、居心地のいい空間にできたと思う。壁に飾った絵は、凛の大好きなクレー作『忘れっぽい天使』の複製原画だ。

もともと倫が持っていた物件で、半分物置みたいになっていたのだが、広さは申し分なく、ふたりの職場からもほどほどの距離だということで、とりあえずここに住もうという話になった。

主寝室の他にお互いの個室があるので、凛は大量に所有している画集や図録をみんな持ってこられた。作りつけの本棚にはまだまだ余裕があるので、いま以上に増えても問題ない。

主寝室の壁には、以前倫が画廊で買ってくれた『記憶の固執』のパロディ画を飾ってある。そしてキングサイズのベッド脇の引き出しの上では、二匹のピンク色のパンダが仲良く並んでいる。

食器やカトラリーなど、買い足したいものはまだあるけれど、当面の生活は問題なさそうだ。

ソファに身を投げ出して、うーんと伸びをする。左手の小指には、あの日勇気をくれたピンキーリングがはまっている。あれから一度も外していない。

心地よい疲れが体のなかに溜まっている。汗もだいぶかいてしまったし、お湯を溜めてお風呂に入りたい。

「……よいしょっ」

疲れた体を起こし、風呂場に向かう。お湯を溜めるスイッチを押し、洗面台の棚にある籠を取り出す。そこには凛お気に入りの入浴剤が何種類も入っていた。

どれにしようか迷っていると、玄関の方からガチャリと扉の開く音がした。

倫が帰ってきたようだ。

「おかえりなさい」

廊下に顔を出して言うと、倫がくすぐったそうな顔をした。

「……ただいま」

「声ちっさ」

「いや……なんか照れるな、こういうの」

もう一度ただいまを言って、籠を持ったままの凛を抱き寄せてくる。

「引っ越し、ほとんど任せちゃってごめんな」

「全然いいよ、私今日休みだったし」

「風呂入るの？　俺も入る」

「え？」

「一緒に入ろう」

それはちょっと、いやけっこう恥ずかしい。しかしわくわくした顔をしている倫を前に嫌だとは言いづらい。凛にしても、べつに嫌なわけではないのだ。

「……私が入って、十分後に入ってきて」

「わかった」

倫はあっさり条件を呑んでくれた。

「じゃ、準備するね」

凛は寝室から着替えをふたり分持ってきた。タオル類も用意して、柚子の香りのバスソルトを籠から出す。

『お風呂が沸きました』

タイミングよく女性の声でお知らせが聞こえてきた。

「それじゃあ、お先に」

ネクタイを緩めている倫に軽く手を振って、脱衣所に入る。それから大急ぎで裸になり、ランドリーボックスに脱いだものを入れて、風呂場に入った。

シャワーで軽く汗を流し、ボディスポンジにボディシャンプーをつけて、全身をざざっと洗う。頭と顔も全速力で洗って、広い湯船に入ったところで、倫が風呂場に入ってきた。普通に全裸だが、恥じらう様子はない。

「お邪魔しまーす」

「はい、どうぞー」

「入浴剤、入れた？」

「あ、忘れてた」

浴槽のふちに置いていたバスソルトの包みを破り、中身をお湯にまく。

柚子のいい香りが湯気と一緒に立ちのぼってきて、うっとりした。

「はぁ……」

気持ちがよくて、手足を伸ばしてまぶたを閉じる。

恭一に別れを告げた日から今日まで、めまぐるしく状況は変わった。自分で思っていたよりも疲れが溜まっていたらしい。しばらくシャワーだけで済ませることが多かったのもあり、久しぶりの湯船は凛を癒してくれた。

凛が半分口を開けて風呂の気持ち良さに浸りきっている間に、倫は体を洗い終わったらしく、声をかけてきた。

「凛、ちょっと前に出て」

「んん……？」

緩慢な動きで背中を湯船から離し、ずるずると足とお尻を前にずらす。

「ありがとう」

浴槽と凛の背中の間に、倫がするりと入ってくる。

「え？」

「はい、背中を俺に預けて」

言われた通りにすると、倫の腕が緩く凛を抱いてきた。

「はあぁ……」

今度はふたり同時に温泉に入ったときみたいな声を漏らしてしまった。

「めちゃくちゃ気持ちいいな……極楽だ……」

倫が凜の肩口に額を擦り付けてきた。倫の頭からは、凜が使ったのと同じシャンプーの香りがした。

「俺、こんなにしあわせでいいのかな」

「いいんじゃない。私もしあわせだよ」

倫の方へ振り返って、頬に口づけをした。そこから自然にふたりの唇が重なり、すぐに深い口づけとなった。

「んん……んっ……」

全身べったりとくっつきながらの湯船のなかでのキスに夢中になる。このままふたりして、柚子の香りのお湯に溶けてしまいそうだ。それもいいか、とのぼせかけた頭のなかで考える。

凜の両親も、瀬川家の両親も、完全にわかってくれたとは言いがたい。駆け落ちでもされるよりはまだましだと、苦渋の選択で認めてくれたにすぎないだろう。

それでも、これから時間をかけてふたりがしあわせに暮らしている未来を見せていければ、いつかきっとこの結婚を祝福してくれるようになる。小さな手で一生懸命拍手してくれた美優のように。

「はあ……凜、ずっとこうしてたい……」

倫が腕のなかの凜を掻き抱いた。

「俺、他にほしいものなんて、なんにもないよ」

「お風呂のあとのアイスは？」

「それはちょっとほしい」

ふたりしてクスクス笑い、湯面が波立つ。

「次の日曜に、指輪を買いに行こう。結婚指輪。どんなのがいいか、考えておいて」

「これと合うのがいいな。両方つけていたいから」

いま倫が買おうとしている指輪と比べたら、オモチャみたいな金額の指輪かもしれないけれど、このピンキーリングはふたりの思い出の品で、凛に勇気をくれたものだ。

「いいね、ピンクゴールド。凛に似合ってる」

凛は極細のピンキーリングと合わせてつけるのによさそうな、交差状に一本一本細い彫りを入れた加工が施された一見マットな印象の指輪をウェブサイトで見つけて、いいなと思っていた。有名ブランドのものではなく、オーダーメイドの工房のようなところで、納品には時間がかかりそうだが、特に急いではいないので問題ない。

倫が凛の左手を取り、何度も薬指に唇を落としてくる。ひとよりちょっと短い小指にも。

凛は薬指に、恭一が用意していた見事な一粒ダイヤの指輪がはまるところを想像した。

倫と再会しなければ、いずれ来たであろう未来だ。そうなったら自分はどんな顔をしていたんだろうか。作り物じみた笑みを張り付かせて、心の内でじんわりと絶望していたのだろうか。

「倫」

湯船のなかで向きを変えて、倫にきつく抱きつく。

「もう一度私を見つけてくれて、ありがとう」

「何度だって見つけるよ。って言ったら、何度も見失うみたいで嫌だな。もう二度と離さないよ」

「うん」

たくましい腕が凛の背中をしっかりと抱き締めてくれる。凛はこの世で一番安心できるところにいる感じがした。

「……倫、硬くなってる」

「そりゃあ、裸の凛と抱き合っているわけですから」

入れていい？　と耳元で囁かれ、抱きついたまま「ダメ」と首を横に振る。

「ええー……」

「無理。のぼせちゃう」

凛の方が先にお湯に入っていたから、ただでさえそろそろ頭がぼんやりしてきているのだ。

「じゃ、すぐベッドに行こう」

「夕飯は?」

と言っても、引っ越しで疲れてなにも用意していないのだが。

「してから宅配でも頼もう」

外食しにいく元気は残してくれないということらしい。

最後にもう一度キスをして、ふたりは浴槽を出た。

脱衣所で向かい合い、ふわふわのバスタオルでお互いを拭いてじゃれ合っていると、倫に限界がきた。

「ちょっと、もう無理」

凛は裸のまま倫に抱え上げられた。

「あ、着替え……」

「どうせすぐ脱ぐんだから、着なくていいよ」

早足で廊下を歩き寝室まで運ばれ、シーツの海にポーンと投げられる。マットレスの硬めのスプリングが凛の体を跳ね返した。

すぐに倫が真上にのしかかってくる。獲物をしとめた獣みたいだ。ぺろっと下唇を舐める仕草にぞくぞくした。

すりすりと頬ずりしてから、凛の首筋を舐めてくる。今日の倫は本当に動物っぽい。

「すごいいい匂いする」

「倫からも同じ匂いがするよ」

「いいね。美味しく食べあおう」

はむっと乳房に柔らかく噛みつかれ、「あっ」と声が出た。

もう片方の乳房は、手で持ち上げるように愛撫される。揉まれるとじんわりと気持ちがよく、先端をきゅっとつままれるとそこから電流のような快感が走った。

「俺、凛の胸大好き」

倫がうっとりした顔で言って、乳房の上の方に吸いついてきた。じゅっと強めに吸われ、赤紫色に跡が残る。

「もう俺以外の誰にも見せないでくれ」

「見せないよ」

独占欲を隠さず見せてくれるのは嬉しかった。

もう一か所、今度は乳房の頂点の真横辺りに吸いつきながら、右手を太股の間に入れてくる。

くちゅりと濡れた音が立って、凛は恥ずかしさに身を捩った。

「もう濡れてる……感じてくれて嬉しい」

浅瀬で遊ぶように、指先が割れ目の内側を撫でる。

「あっ……あ、んあっ、ダメ……」

「ダメ？　なんで？」

尋ねてきている間も、倫の指はいやらしく動き続けている。

「ほ、欲しくなっちゃう」

言い終わった瞬間、倫の指がぬるりとなかに入ってきて、凛は背中を突っ張らせた。

「あっ……！」

指だけでもこんなに感じてしまうなんて、自分の体が自分のものじゃないみたいだ。これで倫のものが入ってきたらどうなってしまうのかと、少し怖くなる。

ぬちゅっ、ぬちゅっ、と恥ずかしい音を立てて、倫の指が出入りする。たっぷりと蜜をまとった粘膜が、引き留めようとするみたいに自然と収縮してしまう。

「俺のことが欲しいって言って」

倫がなかで指を曲げ、粘膜を軽く引っ掻くようにしながら、耳元で囁いてくる。

「……倫が、欲し――」

言い終わる前に倫は凛のなかから指を抜き去り、荒い動作で脚の間に入ってきた。

太股を大きく開かれ、両膝の裏を手で押さえられて、むき出しになった中心に硬くなったものの先端を押し当てられた。

「凛、凛っ……！」

余裕のない様子で凛の名前を呼びながら、腰を押し出し、一気に貫いてくる。

「あああっ……！」

一番奥を押し上げられた瞬間、凛は軽くイッてしまった。目の前がチカチカして、あそこが勝手にぎゅうっと締まる。

絡みつく粘膜を掻き分けるようにして、倫は力強いストロークを繰り出してくる。イッているのに下りてくるのを許されない状態になり、凛は悲鳴じみた声を上げて倫の背中に爪を立てた。

「んあっ、あああっ……！　待って、まだ私っ……あああっ」

「もう一回イッて」

酷なことを言って、倫は腰を使い続ける。自分のなかを何度も激しく出入りされ、凛は体をがくがく震わせることしかできない。全身が燃えるように熱い。

「凛、愛してるっ……」

「私も、愛してる……んああっ！」

倫の激情を全身で受け止める。体で、言葉で愛を伝えられ、自然と涙が溢れてきた。それを唇で吸い取られ、深く口づけられる。

「んむっ、んん……んっ、んふうっ」

呼吸まで吸い取られるような激しいキスだった。口の奥まで分厚い舌が入ってきて、ざらりと上顎を舐められる。それを続けながら体の奥を激しく突かれ、凛はだんだんと気が遠くなってきた。

「んあ……あ、あぁ……はぁ……」

唇を解放されたが、吸われっぱなしだった舌がうまくしまえない。

倫は凛の太股を抱え直し、より強く腰を叩きつけてきた。

「くっ……凛、凛っ……」

凛は自分のなかで、倫のものが一回り大きくなったように感じた。

「……来て、倫……」

掠れた声でねだった瞬間、子宮を押し上げるような勢いで肉棒を突き入れられ、目の前が真っ白になった。

「……凛」

汗まみれになった倫の体が倒れてきて、強く抱き締められる。

うっとりと目を閉じながら、凛は自分のなかで、倫のものが脈打っているのを感じた。

「――結婚式、どこでしようか」

「……どこでもいいよ」

心地よい疲れを引きずりながら、倫の腕枕でまどろむ。

本当にどこでもよかった。倫がいるならハワイでも沖縄でもいいし、なんだったら東京でサクッと済ませてもいい。

「どうせふたりなんだし、いっそヨーロッパまで行っちゃうのもいいなあ」

「いいねえ」

ヨーロッパには、まだ行ったことのない憧れの美術館がたくさんある。

ふたりで何か国か回りながら各地の美術館を観られたら、とても楽しいだろう。

両家の親戚や友達を呼んでの一般的な結婚式をしようとは、ふたりとも思わなかった。

もちろん式当日に逃げ出すつもりなどないが、親戚たちには十年前の兄姉の式が強烈に印象に残っているだろう。本当に大丈夫なのかとドキドキさせてしまうくらいなら、最初から呼ばない方がいい。

「あ……」

「なに？」

「ニューヨークもいいなあ」

寝室の壁に掛けてある、パンダたちがとろけている『記憶の固執』のパロディを見て、本物を見てみたいと思った。

「いいね」

返事が軽い。たぶん、倫も凛と一緒ならどこでもいいと思っているのだろう。

「……フフッ」

笑いと一緒に涙が出て、倫の胸を濡らす。

「どうした?」

「なんでもない。楽しみだなって」

結婚式も、これからの生活も。

倫と一緒なら、きっと自分らしく生きていける。そんなふうに思えた。

それからのふたり

それからの日々は、倫と再会してからのめまぐるしかった半年あまりが嘘だったみたいに、穏やかに過ぎた。

婚姻届けを出して、もうすぐ一年が経つ。

とりあえず、で住みはじめた新居は居心地がよく、もうずっとここでもいいなと凜は思っている。部屋が足りなくなったら、同じマンションの４ＬＤＫに住み替えるのはありかもしれない。

結婚式は、結局新婚旅行もかねてニューヨークへ行き、ふたりだけで挙げた。チャペルから外に出たら、通りがかった現地のひとたちが歓声を上げて祝福してくれたのは、大切な思い出だ。

旅行中に買った『記憶の固執』の複製原画は、主寝室の壁にパンダのパロディ絵と仲良く並べて飾ってある。

恭一と別れ、本来の自分を取り戻した凛は、めったにやらなくなっていた絵を描く趣味を再開させた。

モデルは、もっぱら倫だ。

窓辺に置いてあるお気に入りの一人掛けのソファに座り、ゆったりと業界雑誌をめくっている彼を、少し離れたところから鉛筆でデッサンしていく。

こうしていると、たびたび彼をモデルにしてデッサンしていた中三の頃を思い出す。あの頃は、まさかこんな未来が自分に待ち受けているなんて、思ってもみなかった。

倫はもう慣れたもので、二十分以上続くとつらくなるようなポーズは凛がねだったときしか取らなくなった。

リラックスした顔と体は、描いていて気持ちがいい。

手だけを描かせてもらうこともよくある。凛の人生を自分のものに取り戻させてくれた、力強い手だ。左手の薬指には、凛とお揃いの指輪がはまっている。

「凛」

「うん？」

「お腹空いた」

「もうちょっと待って。お姉ちゃん、ピザ買ってくるって言ってたから」

ふたり揃っての休日である日曜の今日は、愛華が美優を連れて遊びにくる予定だった。

時計を見ると、あと三十分ほどで約束の午後一時になる。

「お義姉さんには、もう話したの？」

「まだ。今日話そうと思ってる」

凛は左手でそっと自分のお腹を撫でた。

そこには、新しい命が宿っている。先週安定期に入ったので、そろそろお互いの親きょうだいにも伝えようということになった。

「美優ちゃんが大喜びしそうだな」

「『明日生まれるの？　明後日？』とか言いそう」

美優にとって、お腹の子は初めてのいとこだ。きっと大騒ぎするだろう。

両親には、姉に伝えたあとで話そうと思っている。

結婚した当初はいい顔をしなかった両親だが、いまではずいぶん態度が軟化した。凛の表情が、恭一と一緒にいたときよりずっと生き生きしているのを見て、思うところがあったようだ。妊娠したことを伝えたら、きっと喜んでくれると思う。

倫の両親とも、多少ぎこちないながらも交流はしている。初孫ができることは喜んでくれると信じたい。

「……そろそろ、用意しておこうかな」

凛はスケッチブックを閉じて立ち上がった。食器やカトラリーを出したりしようかなと思ったのだが。

「凛、こっち」

倫に手招きされたので、そちらへ行く。

「なに?」

「充電。美優ちゃんたちが来たらできないから」

ソファに座ったまま、倫が抱きついてくる。そうすると倫の顔の位置にちょうど凛のお腹がくる。

「なんかまだ不思議だなあ。ここに俺たちの子供がいるなんて」

「私もいまいち信じ切れてなかったんだけど、ここのところたまに動いてるのを感じるから、あ、いるんだって実感してきたよ」

「え、動くのか?」

倫がパッと顔を上げた。

「外からだと、まだわからないと思うよ。もうちょっと大きくならないと」

「そっか。わかるのが楽しみだなあ」

すりすりとお腹に頬ずりされて、じんわりとしあわせな気分になる。

「……倫」

「うん？」

「ありがとうね」

「なんだよ、突然」

「なんか言いたくなったの」

お腹に頰を寄せている倫の髪を梳くと、気持ち良さそうに目を細められた。

「お礼を言うならこっちだよ。俺こんなにしあわせでいいのかなって、たまに怖くなる」

凜にはもう、倫のいない人生なんて考えられない。倫もきっと、そうなのだろう。

倫が立ち上がって、正面から顔を見てきた。

「これからもよろしくな。愛してるよ」

「私も……愛してる」

お腹のなかで小さな命がかすかに動いたのを感じながら、凜は自分から倫にそっと口づけた。

あとがき

『僕らはこの手を離さずに』をお手に取ってくださり、ありがとうございます。お楽しみいただけたでしょうか。

凛と倫が出かけた美術館や飲食店は、どこも私の好きなところです。地名とメニュー等で検索するとすぐ出てくると思うので、都内においでの際はぜひ行ってみてください。ちなみに私は、カレーのご飯にはなにもかけない派、あんみつ屋さんで頼むのは白玉クリームぜんざいにクリームひとつ追加派です。

このお話を書くにあたり初めて、ほとんどできていたプロットを白紙に戻し、ゼロからやり直しました。自分が本当に書きたいのはどういう話なのか、考えさせられました。この本には私の「好き」が詰まっています。気に入っていただけると嬉しいです。

本書のイラストを担当してくださったのは、私が大尊敬している上原《うえはら》た壱《いち》先生です。表紙や挿絵、コミカライズで何度もお世話になっていますが、今作でも中学生〜大人になるまでのふたりをとても生き生きと描いてくださいました。心から感謝しています。

それではまた、どこかでお目にかかれますように！

緒莉《おり》

Illustration Gallery

カバーラフ

キャララフ

カバーラフ
別案

◆ ファンレターの宛先 ◆
〒102-0072　東京都千代田区飯田橋3-3-1
プランタン出版　オパール文庫編集部気付
緒莉先生係／上原た壱先生係

オパール文庫Webサイト　https://opal.l-ecrin.jp/

Opal

僕《ぼく》らはこの手《て》を離《はな》さずに

著　者――緒莉（おり）
挿　絵――上原た壱（うえはら たいち）
発　行――プランタン出版
発　売――フランス書院
〒102-0072　東京都千代田区飯田橋3-3-1
印　刷――誠宏印刷
製　本――若林製本工場
ISBN978-4-8296-5568-9 C0193

本書へのご意見やご感想、お問い合わせは、QRコード、
または下記URLより弊社公式ウェブサイトまでお寄せください。
https://www.l-ecrin.jp/inquiry

Opal Label オパール文庫

Op8458

好評発売中!